BASTEI
LÜBBE

Vom selben Autor sind bisher folgende Romane erschienen:

20 001	Der scharlachrote Prinz
20 002	Die Königin des Chaos
20 003	Das Ende der Götter
20 005	Das kalte Reich
20 006	Der gefangene König

Michael Moorcock

Das gelbe Streitross

Fantasy-Roman

BASTEI LÜBBE

BASTEI-LÜBBE-TASCHENBUCH
Science Fiction Fantasy
Band 20 007

Deutsche Lizenzausgabe 1979
Bastei-Verlag Gustav H. Lübbe, Bergisch Gladbach
Englischer Originaltitel: The Sword and the Stallion
Ins Deutsche übertragen von Michael Görden
Titelillustration: Patrick Woodroffe
Umschlaggestaltung: Bastei-Grafik (W)
Druck und Verarbeitung:
Mohndruck Reinhard Mohn GmbH, Gütersloh
Printed in Western Germany
ISBN 3-404-01248-8

Für Judith

Prolog

In jenen Tagen gab es Lichtermeere und Himmelsstädte und fliegendes Getier aus Bronze. Da waren Herden von brüllenden karmensinroten Rindern, die an Größe selbst Burgen übertrafen. Und es hausten kreischende grüne Geschöpfe in den Flüssen. Es war eine Zeit, in der die Götter sich vielfältig offenbarten; in der es Riesen gab, die über das Wasser wandelten; seelenlose Dämonen und mißgestaltete Kreaturen, die der Unbedachtsame herbeirufen mochte und nur mit einem Blutopfer wieder bannen konnte. Es war eine Zeit der magischen Geschehnisse, der Fantasmen; eine Zeit sich rasch wandelnder Natur, unglaublicher Ereignisse, verrückter Paradoxa, erfüllter Träume, fleischgewordener Ängste und Alpträume.

Eine glanzvolle und eine finstere Zeit war es – die Zeit der Schwertherrscher; als die äonenalten Erzfeinde, die Vadhagh und die Nhadragh ausstarben. Es war die Zeit, da der Mensch, der Sklave der Furcht, seinen Aufstieg begann, ohne zu ahnen, daß ein Großteil der Schrecken, die ihm widerfuhren, allein aus seiner eigenen Geburt erwuchsen. Aber das war nur eine der vielen Ironien um das Menschengeschlecht (das seine Rasse in jenen Tagen Mabden nannte).

Die Lebensspanne der Mabden war kurz, ihre Nachkommenschaft zahlreich. Innerhalb weniger Jahrhunderte wurden sie zur dominierenden Rasse auf dem westlichen Kontinent, der sie hervorgebracht hatte. Abergläubische Scheu hielt sie schließlich noch ein oder zwei Jahrhunderte davon ab, größere See-Expeditionen zu den Küsten der Vadhagh und den Inseln der Nhadragh zu unternehmen, doch als sich ihnen niemand in den Weg stellte, wurden sie mutiger. Neid auf die älteren Rassen erwachte in ihnen und eine wilde Grausamkeit.

Die Vadhagh und die Nhadragh ahnten nichts davon. Für sie hatte der Planet, auf dem sie seit Jahrmillionen lebten, endlich Frieden gefunden. Natürlich kannten sie die Mabden, aber sie stuften sie nicht viel höher als die anderen Tierarten ein. Abgesehen davon, daß sie den alten traditionsverwurzelten Haß aufeinander noch immer pflegten, ver-

brachten die Vadhagh und Nhadragh ihre langen Tage mit abstrakten Studien und künstlerischen Beschäftigungen. Sie waren logische Denker, hochentwickelt und kultiviert und in Einklang mit sich selbst, aber sie vermochten den Wandel nicht zu begreifen, den die Zeit mit sich gebracht hatte. Und so geschah es, daß die alten Rassen die warnenden Zeichen ignorierten.

Es gab keinen Austausch an Wissen und Erfahrung zwischen den uralten Feinden, obgleich ihre letzte Schlacht schon viele Jahrhunderte zurücklag.

Die Vadhagh lebten in Familiengruppen auf einsamen Bergen über den ganzen Kontinent verstreut, den sie Bro-an-Vadhagh nannten. Es gab kaum Verbindungen zwischen den einzelnen Familien, denn die Vadhagh hatten längst das Interesse an Reisen verloren. Die Nhadragh wohnten in ihren Städten auf der Inselgruppe nordwestlich von Bro-an-Vadhagh. Auch sie pflegten wenig Kontakt, selbst mit ihren nächsten Verwandten. Beide Rassen wähnten sich unangreifbar. Beide irrten.

Das rasch wachsende Menschengeschlecht breitete sich wie eine Pestilenz über die Welt aus, und wohin es sich wandte, bedeutete es das Ende der alten Rassen. Aber nicht nur der Tod kam mit den Menschen, sondern auch blinde Gewalt. Mit einer dunklen Lust vernichteten sie das Alte und ließen nur Ruinen und bleichende Gebeine zurück. Doch ohne daß er sich dessen bewußt wurde, beschwor der Mensch psychische und übernatürliche Spannungen von einem Ausmaß herauf, das selbst über das Begreifen der großen alten Götter hinausging.

Und zum erstenmal empfanden die großen alten Götter Furcht.

Der Mensch aber, der Sklave der Angst, setzte arrogant in seiner Ignoranz seinen Aufstieg fort. In seiner Blindheit sah er die gewaltigen Zerstörungen nicht, die sein lächerlicher Ehrgeiz verursachte. Er besaß auch keine feineren Sinne, um von der Vielzahl der Dimensionen zu ahnen, aus denen das Multiversum geschaffen war. Anders die Vadhagh und die Nhadragh, die gelernt hatten, sich frei zwischen den Dimensionen zu bewegen, die sie die Fünf Ebenen nannten. Ihnen war es gegeben gewesen, einen tieferen Blick in das Universum zu tun und einen Blick auch in jene anderen Ebenen zu werfen, die zusammen mit den Fünf die Vielfalt des Multiversums bildeten.

Deshalb schien es eine grausame Ungerechtigkeit, daß diese weisen Rassen durch Kreaturen, die kaum mehr als Tiere waren, ein Ende finden sollten. So als rissen Aasgeier das Fleisch aus dem hilflosen Körper des jungen Dichters, der sie nur verwundert anstarren konnte, während sie ihn seiner außerordentlichen Existenz beraubten, die sie nie zu würdigen vermochten, deren Vernichtung ihnen nie bewußt würde.

»Wenn sie schätzen würden, was sie raubten, wenn ihnen bewußt wäre, was sie vernichteten«, sagte der alte Vadhagh in der Erzählung DIE LETZTE HERBSTBLUME, *»wäre es mir ein Trost«.*

Es war ungerecht.

Mit der Erschaffung des Menschen hatte das Universum die alten Rassen verraten.

Aber es war eine ewige, sich immer wiederholende Ungerechtigkeit. Das vernunftbegabte Wesen mag das Universum lieben und versuchen zu verstehen, aber das Universum erwidert nichts. Es macht keinen Unterschied in der Vielfalt seiner Geschöpfe. Alle sind gleich. Keines ist bevorzugt. Das Universum, das über nichts weiter verfügt als den Stoff und die Schöpfungskraft, fährt fort zu erschaffen – wahllos. Es hat keine Kontrolle über seine Schöpfungen, und es kann, wie es scheint, von seinen Geschöpfen nicht beeinflußt werden (wenngleich manche sich dieser Täuschung hingeben). Jene, die dem Wirken des Universums fluchen, sich dagegen aufbäumen, ihm mit den Fäusten drohen – sie fluchen und drohen nur etwas Taubem, Blindem und Unverletzlichem.

Aber das bedeutet nicht, daß es nicht auch solche gibt, die das Unangreifbare zu bekämpfen und zu schlagen versuchen.

Manchmal sind es Geschöpfe von großer Weisheit, die es nicht ertragen, sich mit der Gleichgültigkeit des Universums abzufinden.

Prinz Corum Jhaelen Irsei war einer von ihnen. Vielleicht der Letzte der Vadhagh, kannte man ihn in manchen Zeitaltern auch als den Prinzen im scharlachroten Mantel.

Dies ist die zweite Chronik, die seinen Abenteuern gewidmet ist. Die erste Chronik, das BUCH CORUM, *berichtete davon, wie die Gefolgsleute des Mabden-Grafen Glandyth-a-Krae Prinz Corums Familie und seine weiteren Verwandten ermordeten, wie der Prinz im scharlachroten Mantel dadurch zu hassen und zu töten lernte, und wie ein Verlangen nach Rache in ihm wuchs. Wir erfuhren, wie Glandyth Corum marter-*

te, ihn einer Hand und eines Auges beraubte und wie der Riese von Laahr Corum rettete und zur Burg der Markgräfin Rhalina bringen ließ – zu der Burg auf dem von der See umspülten Mordelsberg. Obgleich Rhalina eine Mabden-Frau war (allerdings des friedlichen Volkes von Lywm-an-Esh), verliebte Corum sich in sie, und sie erwiderte seine Liebe. Als Glandyth die Ponystämme aufwiegelte, Rhalinas Burg zu überfallen, riefen sie und Corum übernatürliche Hilfe herbei. Dabei gerieten sie in die Hände des Zauberers Shool, dessen Reich die Insel Svi-an-Fanla-Brool – das Heim des Unersättlichen Gottes – war. Durch ihn geriet Corum zum erstenmal in Berührung mit den morbiden, ihm bisher fremden Mächten, die die Erde beherrschten. Shool sprach zu ihm von Träumen und Wirklichkeiten. (»Ich sehe, Ihr beginnt allmählich auf Mabden-Art zu argumentieren«, sagte er zu Corum. »Das ist vielleicht ganz gut, wenn ihr in diesem Mabden-Traum überleben wollt.« – »Ist es ein Traum?« fragte Corum. – »Gewisser Art. Aber echt genug. Es ist, was man den Traum eines Gottes nennen könnte. Doch natürlich könnt Ihr auch sagen, daß ihn ein Gott zur Wirklichkeit werden ließ. Ich spreche selbstredend vom Schwertritter, der über die Fünf Ebenen herrscht.«)

Mit Rhalina als seiner Gefangenen, war Shool in der Lage, mit Corum einen Pakt zu schließen. Er gab ihm zwei Geschenke, die Hand Kwlls und das Auge Rhynns, die ihm seine verlorenen eigenen Körperteile ersetzen sollten. Diese juwelenähnlichen, fremdartigen Stücke gehörten einst zwei göttlichen Brüdern, die seit ihrem mysteriösen Verschwinden die Verschwundenen Götter genannt wurden.

Mit ihnen gewappnet, begann Corum seinen großen Kampf gegen die drei Schwertherrscher – den Ritter, die Königin und den König des Schwertes – die mächtigen Lords des Chaos. Und dieser Kampf enthüllte ihm vieles über das Wesen der Götter, die Natur der Realität und seine eigene Identität. Er entdeckte, daß er der Ewige Held war, daß sein Schicksal war, in tausend Gestalten und tausend Zeitaltern sich all jenen Kräften entgegenzustellen, die Wahrheit, Vernunft und Gerechtigkeit angriffen, welche Gestalt diese Angreifer auch immer annehmen mochten. Und zu guter Letzt gelang es ihm wirklich, jene Kräfte (mit der Hilfe eines geheimnisvollen Verbündeten) zu besiegen und die Götter aus seiner Welt zu vertreiben.

Friede kehrte endlich auf Bro-an-Vadhagh ein, und Corum zog mit seiner sterblichen Braut in sein altes Schloß, das seine Väter einst über einer weiten Bucht auf steilem Felsen erbaut hatten. Auch die wenigen anderen überlebenden Vadhagh und Nhadragh kehrten nach und nach auf ihre alten Besitzungen zurück, und das goldene Land Lwym-an-Esh blühte auf und wurde zum Zentrum der Kultur des Mabden-Geschlechts – berühmt für seine Scholaren, seine Barden, seine Künstler, seine Baumeister und seine Krieger. Und Corum war glücklich, daß das Volk seiner Gattin eine neue Blüte erlebte. Eine große Zeit für das Mabden-Volk war angebrochen. Bei den seltenen Gelegenheiten, an denen sich Reisende aus Mabden-Völkern in die Nähe von Burg Erorn verirrten, gab Corum ihnen sein Geleit und bewirtete sie als seine Gäste, und es erfüllte sein Herz mit großer Freude durch sie vom Glanz Halwygnan-Vakes, der Hauptstadt von Lwym-an-Esh, zu erfahren, auf deren Mauern die Blumen durch das ganze Jahr blühten. Und die Gäste berichteten Corum und Rhalina von den neuen Schiffen, die dem Land großen Reichtum brachten, so daß niemand mehr den Hunger kannte in Lwym-an-Esh. Und sie erzählten von den neuen Gesetzen, die jedem das Recht gaben in den Angelegenheiten des Staates mitzubestimmen. Und Corum hörte ihnen zu und war stolz auf Rhalinas Volk.

Einmal sprach Corum zu einem seiner Mabden-Gäste: »Wenn einst die letzten Vadhagh und die letzten Nhadragh von dieser Welt verschwunden sind, werden sich die Mabden zu einer Rasse entwickeln, viel größer als wir es jemals gewesen sind.«

»Aber wir werden niemals eure Zauberkräfte besitzen«, erwiderte der Wanderer und blickte verwundert, als Corum darauf herzlich lachte.

»Wir haben doch überhaupt keine Zauberkräfte! Wir haben nicht einmal eine Vorstellung von Magie in unserem Wissen! Unsere ›Zauberei‹ ist nichts anderes, als unsere Erkenntnis und Beherrschung bestimmter Naturgesetze. Auch unsere Fähigkeit anderen Ebenen unseres Multiversums wahrzunehmen, die wir jetzt fast ganz verloren haben, ist aus nichts anderem entstanden. Erst aus der Vorstellungskraft der Mabden sind solche Dinge wie Zauberei erwachsen – ihr habt immer lieber an ein Wunder glauben wollen, als die Wirklichkeit zu erforschen gesucht (um das Wunderbare in der Realität selbst zu erkennen). Solche Vorstellungskraft macht deine Rasse einzigartig vor allen anderen, die je

auf dieser Erde existiert haben. Aber diese Vorstellungskraft kann euch auch vernichten!«

»Haben wir dann auch die Schwertherrscher, die Ihr so heldenhaft bekämpft habt, nur erfunden?«

»Aye«, antwortete Corum, »ich nehme an, ihr habt sie erfunden. Und ich nehme auch an, ihr könnt bald neue Götter erfinden.«

»Phantome erfinden? Phantastische Ungeheuer? Mächtige Götter? Ganze Kosmologien?« wunderte sich der verwirrte Gast. »So sind am Ende all diese Dinge nicht wirklich?«

»Sie sind wirklich genug«, erwiderte Corum. »Nichts ist doch letztlich einfacher in dieser Welt zu erschaffen als eine neue Wirklichkeit. Es ist zum Teil eine Frage der Notwendigkeit, teils der Zeit und teils der Umstände . . .«

Corum entschuldigte sich, seinen Gast so verwirrt zu haben, lachte noch einmal und wandte sich anderen Gesprächsthemen zu.

Und so gingen die Jahre ins Land, und Rhalina begann die ersten Zeichen von Alter zu zeigen, während Corum, der ja fast unsterblich war, sich nicht veränderte. Doch sie liebten einander noch immer – ja, im Angesicht des Todes, der sie für immer von ihm nehmen würde, wuchs ihre Liebe sogar noch.

Ihr Leben war schön, ihre Liebe stark. Sie verlangten wenig mehr, als den anderen bei sich zu wissen.

Und dann starb Rhalina.

Und Corum trauerte um sie. Er trauerte ohne jenes Leidgefühl, das Sterbliche beim Verlust eines geliebten Angehörigen empfinden, und das zum Teil nur Trauer um sich selbst und die Furcht vor dem eigenen Tod ist.

Gut siebzig Jahre waren seit dem Fall der Schwertherrscher vergangen, und die Reisenden, die Burg Erorn besuchten, wurden weniger und weniger, denn Corum, der scharlachrote Prinz der Vadhagh, wurde mit den Jahren in Lwym-an-Esh zu einer Legende; man sprach von ihm nicht mehr, wie von einem Wesen aus Fleisch und Blut. Es amüsierte ihn, als er davon hörte, daß es in einigen Teilen des Landes nun Altäre für ihn und primitive Standbilder von ihm gab, vor denen das Volk betete, wie es einst zu seinen Göttern gebetet hatte. Sie hatten also nicht lange gebraucht, um neue Götter zu finden, und ironischerweise machten sie ausgerechnet die Person zu einem neuen Gott, die ihnen geholfen hatte, ihre alten Götter zu vertreiben. Sie glorifizierten Corums Heldentaten, aber sie raubten ihm damit seine Existenz als Individuum. Sie schrieben ihm magische Kräfte zu; sie erzählten Geschichten über ihn, die sie früher über ihre alten Götter erzählt hatten. Warum war den Mabden die Wahrheit niemals genug? Warum mußten sie die Wahrheit immer verzerren, verdrehen und zu einem Lügengespinst aufbauschen? Was für eine paradoxe Rasse waren diese Mabden doch!

Corum rief sich den Abschied seines Freundes Jahry-a-Conel, der sich selbst den »Gefährten von Helden« genannt hatte, ins Gedächtnis, und er erinnerte sich an Jahrys letzte Worte: »Neue Götter können so leicht geschaffen werden.« Aber Corum hatte damals nicht ahnen können, wer schon bald einer dieser neuen Götter werden sollte.

Und weil er für viele von ihnen schon zum Gott geworden war, begannen die Menschen von Lwym-an-Esh die Landzunge, auf der Burg Erorn stand, zu meiden, denn sie wußten, daß die Götter keine Zeit hatten, dem Geschwätz der Sterblichen zu lauschen.

So wurde Corum immer einsamer. Er gab es auf, in die Länder der Mabden zu reisen, denn die göttliche Verehrung war ihm zuwider.

In Lwym-an-Esh waren jetzt auch alle diejenigen gestorben, die ihn persönlich gekannt hatten, die gewußt hatten, daß er außer seiner fast unbegrenzten Lebensspanne so verwundbar war wie sie selbst. Also gab es niemanden mehr, der den Legenden um Corum widersprechen konnte.

Auf der anderen Seite mußte Corum feststellen, daß er sich an die Mabden und ihre Lebensart gewöhnt hatte. So fand er an der Gesellschaft seiner eigenen Artgenossen wenig Freude, denn die Vadhagh verharrten in ihrer Weltvergessenheit und ihrer Unfähigkeit, die eigene Situation zu verstehen, und daran würde sich nichts mehr ändern, bis die Rasse der Vadhagh vom Angesicht der Erde verschwunden war. Corum beneidete die anderen Vadhagh um ihre Gleichgültigkeit, denn er selbst fühlte sich durchaus noch genug am Lauf der Dinge beteiligt, um über das mögliche Schicksal der verschiedenen Rassen zu spekulieren, auch wenn er an den Geschehnissen außerhalb von Burg Erorn keinen Anteil mehr hatte.

Eine Art Schach, wie sie von den Vadhagh gespielt wurde, nahm viel von seiner Zeit in Anspruch (er spielte mit sich selbst und benutzte die

Spielsteine wie Argumente in einer Diskussion, indem er eine logische Folgerung gegen eine andere setzte, um sie so zu prüfen). Während er über seine verschiedenen vergangenen Kämpfe und Abenteuer grübelte, begann er manchmal daran zu zweifeln, ob es sie überhaupt jemals wirklich gegeben hatte. Er fragte sich auch, ob die Tore zu den fünfzehn Ebenen nun für immer geschlossen waren, selbst für die Vadhagh und die Nhadragh, die einst völlig frei durch sie aus und ein gehen konnten. Wenn dem so war, bedeutete das etwa, daß die anderen Ebenen tatsächlich gar nicht mehr existierten? Und so wurden die Gefahren, die Ängste und die Entdeckungen von einst zu nichts anderem als abstrakten Überlegungen; sie wurden die Grundlagen einer Theorie, die die Natur der Zeit und der persönlichen Identität betraf, und nach einer Weile verlor Corum auch an dieser Theorie das Interesse.

Über achtzig Jahre mußte nach dem Fall der Schwertherrscher vergehen, bevor Corums Interesse an Dingen, die die Rasse der Mabden und ihre Götter betrafen, wieder geweckt wurde.

Es war eine eigenartige Weise, auf die Corum wieder in das Schicksal der Mabden verwickelt wurde. In seinen Träumen begann er Stimmen zu hören. Die Stimmen erflehten seine Hilfe und nannten ihn einen Gott, nannten ihn Corum Llaw Ereint – Corum von der Silbernen Hand. Und Corum verweigerte sich dem Ruf, bis ihm Jhary-a-Conel, sein geheimnisvoller alter Freund, der sich frei von einer Ebene zur anderen zu bewegen schien, riet, dem Ruf zu folgen. Denn die Stimmen gehörten den Nachfahren von Rhalinas Volk – dem Volk von Lwyman-Esh. Und Corum war der Ewige Held. Sein Schicksal war es, in allen großen Kriegen an den Kreuzwegen der menschlichen Geschichte zu kämpfen.

So wappnete Corum sich endlich mit Rüstung und Kriegsschmuck der Vadhagh, legte seine beste künstliche Hand an (eine silberne Hand, die in allen Bewegungen einer menschlichen Hand glich) und ritt auf seinem roten Streitroß in die Zukunft zum Volk von Cremm Croich und in den Kampf gegen die schrecklichen Fhoi Myore, die Götter des Limbus, das Kalte Volk, die Herren der Schwarzen Wälder.

Er überquerte den Abgrund der Zeit und fand eine zukünftige Welt, in der ewiger Winter herrschte – eine erfrorene Welt, der die Fhoi Myore auf ihrem Eroberungszug alle Wärme und alles Leben raubten. Sie ver-

gifteten alles, was sie eroberten, und zerstörten damit auch ihre eigene Existenzgrundlage, denn keine Vernunft stand hinter ihrem Kampf, sondern blindes Verlangen, das Verlangen nach Tod. Viele Stämme der Mabden waren schon untergegangen, die Heiligtümer der Mabden waren geraubt oder zerstört worden, ihre Könige erschlagen, gefangen oder gezwungen, sich schmählich zu verbergen. Nur wenige kleine Stämme im äußersten Westen und im fernen Norden hatte der Eroberungszug der Fhoi Myore noch nicht erreicht. Die Fhoi Myore, das waren sieben Götter in sieben grob aus Weide geflochtenen Streitwagen, gezogen von sieben mißgestalteten Bestien, sieben Götter, die ganze Armeen mit einem Augenblinzeln vernichten konnten und deren Führer Kerenos war, dem eine Meute grauenvoller Dämonenhunde gehorchte.

Von König Mannach auf Caer Mahlod und von Medheb, des Königs Tochter, erfuhr Corum, daß nur der Schwarze Bulle von Crinanass die Fhoi Myore auf unbekannte Weise vertreiben könne. Und Medheb war ein schönes Weib, und sie war stark und eine Kriegerin, und sie erinnerte Corum an Rhalina, seine verlorene Liebe, und er verfiel ihr.

Corum erfuhr von seiner Aufgabe. Er mußte nach Hy-Breasail gehen, der Insel hinter dem Meer. Das Eiland war verwunschen, und kein Sterblicher kehrte je von ihm zurück. Aber Corum, sagten die Menschen von Caer Mahlod, war ein Gott, ein Sidhi. Er würde nach Hy-Breasail gelangen und zurückkehren.

Und so brach er auf. Sein Weg führte ihn durch eine Winterwelt, obwohl der Frühling längst hätte anbrechen müssen. Viele Abenteuer hatte er unterwegs, traf seltsame Geschöpfe, sprach mit Zauberern und mit Sidhi, ging auf einen Handel ein und hörte eine Prophezeiung. Eine alte Frau warnte ihn, daß er eine Harfe, einen Bruder und Schönheit zu fürchten hätte. Aber er setzte seinen Weg nach Hy-Breasail fort, die sich als letztes Überbleibsel des vom Meer verschlungenen Llwym-an-Esh erwies. Und dort auf der Insel fand er den Speer, der Bryionak genannt war. Der Speer Bryionak gehörte zu den verlorenen Schätzen der Mabden und konnte in der richtigen Hand den Schwarzen Bullen zähmen. Nach vielen Abenteuern auf dem Rückweg erreichte Corum schließlich wieder Caer Mahlod. Bei seiner Ankunft wurde die Feste bereits von den Fhoi Myore mit all ihrer furchtbaren Macht angegriffen – sieben mißgestaltete Götter zogen gegen Caer Mahlod, zusammen mit ihren Gefolgs-

leuten, den Verlorenen, den Bösen, den Verdammten und den Untoten, die von Corums altem Feind Prinz Gaynor geführt wurden, der nicht getötet werden konnte und doch nichts mehr verlangte als den Tod. Und die Schlacht um Caer Mahlod stand schlecht für die Mabden, bis der Bulle beschworen wurde. Und der Bulle kam, und er zerstreute die untoten Sklaven der Fhoi Myore in alle Winde und tötete einen dieser wilden, grausamen Götter und trieb die anderen in die Flucht.

Dann wurde für den Bullen der letzte Ritus vollzogen, und in das Land um Caer Mahlod kehrte der Frühling zurück, und der Schwarze Bulle von Crinanass und der Speer, der Bryionak genannt war, wurden niemals mehr gesehen in den Ländern der Sterblichen.

Und Corum und Medheb liebten einander, aber Corum grübelte noch immer über die Prophezeiung, denn er wußte, daß er der Ewige Held war, zum ewigen Kampf verdammt wie Prinz Gaynor.

Und die Fhoi Myore, die Verlorenen Götter des Limbus, weilten weiter auf der Erde.

So war der Stand der Dinge, als der große rote König, König Fiachadh von den Tuha-na-Manannan, dem Volk des fernen Westen mit prunkvollem Gefolge auf Caer Mahlod einzog. Er kam, um sich mit König Mannach über die Fhoi Myore zu besprechen. Mit den anderen Königen der überlebenden Mabden-Stämme hatte König Fiachadh bereits Gespräche geführt. Tuha-na-Anu hatte er besucht, das Land im Süden seines eigenen Reiches, Tuha-na-Tir-nam-Beo im Norden und Tuha-na-Gwyddneu Garanhir, das Land nächst dem der Tuha-na-Cremm Croich. König Fiachadh hatte seine Bruderkönige gedrängt, sich gegen die Fhoi Myore zu verbünden, um sie in einem gemeinsamen Feldzug endgültig aus dieser Welt zu vertreiben, aber die anderen Könige blieben vorsichtig und zurückhaltend. Sie wandten ein, daß es niemanden gab, der sie in diesen Kampf führen könnte, solange ihrer aller Hochkönig, Amergin, ein Gefangener der Fhoi Myore war. Die einzige Möglichkeit, die Mabden zu vereinigen, berichtete König Fiachadh, war die Befreiung Amergins und seine völlige Genesung vom Zauber der Fhoi Myore.

Und Corum erklärte sich bereit, den Versuch zu unternehmen, den Hochkönig zu befreien. Dieses Angebot war nach König Fiachadhs Herzen, und er gab Corum ein Geschenk das ihm ermöglichen sollte, unbemerkt in Caer Llud einzudringen, wo jetzt die Fhoi Myore herrschten und der verzauberte Hochkönig gefangengehalten wurde. Dieses Geschenk erwies sich als einer der alten Mabden-Schätze, ein zerfetzter Sidhi-Mantel, der bestimmte Träger dieses Mantel unsichtbar machen konnte: Arianrods Kleid.

Corum brach zu seinem zweiten großen Ritt auf und schwor, daß er mit Amergin zurückkehren würde oder überhaupt nicht.

Corum war noch nicht lange unterwegs, als er seinen alten Feind Gaynor wiedertraf, der einen Kampf mit Corum ablehnte, und wenig später seinen alten Freund Jhary-a-Conel, der selbsternannte Gefährte von Helden, der Corum vor den Hunden des Kerenos rettete. Gemeinsam zogen sie weiter nach Caer Llud. Unterwegs durchquerten sie Gegenden, die von den Fhoi Myore schrecklich heimgesucht worden waren. Und es wurde kälter, und Gaynor und seine Hunde blieben ihnen auf den Fersen, und einmal hörte Corum wieder das Spiel der geheimnisvollen Harfe, und Furcht erfüllte sein Herz. Dann kamen sie nach Craig Dôn.

Craig Dôn war das größte Heiligtum der Mabden – sieben Kreise aus hohen Steinsäulen, jeder Kreis enthielt einen kleineren bis zum innersten Kreis, in dem sich ein mächtiger steinerner Altar befand. Und Corum fühlte, daß die Steinkreise Ringe auf einem See darstellten, Ebenen der Realität, Symbole einer Geometrie, die nicht ganz mit der irdischen Geometrie übereinstimmte. Und Corum fragte sich, ob diese Stätte nicht vielleicht das Tanelorn der Mabden sein konnte, denn obwohl das Heiligtum aus primitiven Materialien errichtet war, stand hinter seiner Konzeption eine nachdenklich stimmende Weisheit. Hier hatte einmal der Mittelpunkt der Welt der Mabden gelegen.

Und hierhin kam auch Gaynor, während die Freunde am Altar im innersten Kreis rasteten. Gaynor glaubte, daß Craig Dôn das Ziel ihrer Reise sein mußte und enthüllte ihnen unwissentlich, wie sehr die Fhoi Myore diesen Ort fürchteten. »Der Mahlstrom«, sagte er, »kann Prinz Gaynor den Verdammten nicht verschlingen.«

Dann gab Gaynor seine Falle zu erkennen. Die Hunde des Kerenos umkreisten Craig Dôn. Corum und Jhary konnten das Heiligtum nicht mehr verlassen. Sie würden verhungern, wenn Gaynor ihnen nichts zu essen brachte. Sie waren für immer seine Gefangenen. Aber mit List und Geschick gelang ihnen schließlich doch die Flucht, nachdem Gaynor davon geritten war. Sie setzten ihre Reise fort und gelangten endlich nach Caer Llud, wo sie viele Anzeichen entdeckten, daß die Fhoi Myore einen neuen Feldzug gegen die letzten Mabden vorbereiteten. Das machte die Durchführung ihres Vorhabens noch dringender. Unter großen Schwierigkeiten und Gefahren gelang es ihnen, Amergin zu befreien, der aber noch immer unter einem Zauber stand und sich für ein Schaf hielt. Bei diesem Unternehmen trafen sie auch einen alten Freund Corums, Goffanon den Schmied, der sich jetzt als Feind erwies, denn er griff Corum mit seiner Axt an. Es stellte sich jedoch heraus, daß auch Goffanon verzaubert war. Er stand unter dem Bann des Zauberers Calatin, der aus dem Speichel des Sidhi-Zwerges einen Zauberbann über ihn gewoben hatte; Calatin, dem Corum seinen Namensmantel, den Scharlachroten Mantel, bei einem früheren Zusammentreffen für das verlorene Sidhi-Horn hatte geben müssen, und der sich jetzt mit den Fhoi Myore verbündet hatte. Als sie Caer Llud wieder verließen und vor dem Zorn der Fhoi Myore und des Zauberers Calatin flohen, gelang es Corum, den Sidhi-Schmied allmählich von dem Zauber Calatins zu befreien. Sie begaben sich alle gemeinsam nach Craig Dôn, wo Jhary sich in einer Beschwörung mit Amergins Geist in Verbindung setzte, um zu erfahren, was zu tun sei, damit der Hochkönig von seiner Verzauberung befreit werden könne. Nur die Macht der Eiche und des Bockes, erfuhren sie, konnte ihn retten – nur die Eichfrau konnte ihn heimrufen.

So mußten sie nun zu den Tuha-na-Gwyddneu Garanhir reisen, bei denen sich die Goldene Eiche und der Silberne Bock befinden sollten. Während Jhary-a-Conel Amergin nach Caer Mahlod brachte, fuhren Corum und Goffanon über das Meer in das Land der Tuha-na-Gwyddneu Garanhir.

Auf See mußten sie feststellen, daß die Fhoi Myore zur selben Zeit ebenfalls nach Gwyddneu Garanhir zogen, um das Land zu erobern. Nach vielen weiteren Gefahren gerieten sie in einen Hinterhalt der Brüder der Fichten. Als sie von beiden Seiten in einer Schlucht angegriffen wurden, schien alles verloren, aber dann kam ihnen ein goldener Gott zu Hilfe, ein lachender Krieger, der den Geruch des Meeres mit sich brachte, ein Riese, viel größer noch als Goffanon – einer der letzten überlebenden Sidhi, der Sohn des berühmten Mannanan. Ilbrec wurde er genannt, und er trug Vergelter, das Schwert seines Vaters, und er ritt auf einem riesigen Pferd mit Namen Zaubermähne. Und er war zornig, denn die Fhoi Myore hatten ihn aus dem Schlaf unter dem Meer geweckt, ohne es selbst bemerkt zu haben. Also half er Goffanon und Corum. Und so gelangten die drei Sidhi-Krieger nach Caer Garanhir, wo sie die schlimme Neuigkeit vom Nahen der Fhoi Myore verkündeten.

Nur schwer war man dort von dieser Warnung zu überzeugen. König Daffyn und alle Krieger und Ritter von Caer Garanhir hatten gerade die Hochzeit von König Daffyns Sohn gefeiert und waren noch trunken vom Fest. Doch irgendwie gelang es ihnen schließlich – obwohl es aussah, als habe Ilbrec sie in seinem Ärger über die Mabden verlassen –, die Stadt gegen die anrückenden Fhoi Myore zu verteidigen. Viele gute Kämpfer fanden den Tod. Viele tragische Schicksale erfüllten sich, von denen König Daffyns das traurigste war. Aber endlich konnten sie doch mit den Zwillingsschätzen, der Eiche und dem Bock, den Rückweg nach Caer Mahlod antreten, und König Daffyn gab ihnen sein Wort mit auf den Weg, daß er mit dem Hochkönig gegen die Fhoi Myore ziehen werde, falls Amergin gerettet werden könnte.

Aber bevor sie zurückkehrten, erlebten sie noch weitere seltsame Abenteuer, zu denen ein Zusammentreffen mit Calatin gehörte, dem es gelang, Goffanon wieder unter seinen Zauberbann zu zwingen, und ein Kampf mit Sreng von den Sieben Schwertern, einem der Fhoi Myore, der schließlich mit einem Freudenschrei starb. Und so blieben nur noch fünf Fhoi Myore auf der Erde zurück.

Dann kamen die drei – Corum von der Silbernen Hand, der Zwerg Goffanon und der Sidhi-Jüngling Ilbrec – endlich nach Caer Mahlod. Und sie kamen im letzten Augenblick, denn es schien, daß Amergin schon fast tot war.

So brachten sie Amergin zu einer Stätte der Macht, zu Cremms Hügel, als der Mond voll war und über den Eichen des Hains schien, und die weißen Misteln in seinem Licht schimmerten. Und Corum zitterte in diesem Hain und erinnerte sich an Eiveens Prophezeiungen über das, was er fürchten mußte.

In der Nacht wurden im Hain die Rituale abgehalten und die Beschwörung begann, während das letzte Leben aus Amergins Körper rann. Goffanon sang ein Lied und fand ein Wort, und als er das Wort aussprach, stöhnte Corum entsetzt und eine schreckliche Angst zuckte durch seinen Körper, sein Herz raste und sein Kopf schwamm, ob-

wohl das Wort ihm in seiner bewußten Erinnerung völlig unbekannt war. Das Wort lautete »Dagdagh«.

Und als das Wort gesprochen war, begann die Harfe zu spielen. Es war dieselbe Harfe, die Corum schon mehr als einmal vorher gehört hatte, und die ihn in seinen Träumen heimsuchte. Und dies war das Lied der Dagdagh-Harfe, die viele schon für immer verstummt geglaubt hatten. Aber nur Corum fürchtete diese Klänge. Alle anderen waren dankbar dafür, denn die Harfe schien die Eichfrau gerufen zu haben, und die Eichfrau konnte Amergin wieder ins Leben zurückholen und den Zauber von ihm nehmen und ihn wieder völlig gesund machen. Und dies geschah in dem seltsamsten Ritual, das Corum jemals erlebt hatte.

Und als sie Amergin ins Leben zurückgerufen hatte, sprach die Eichfrau zu Corum: »Du bist Corum. Du hast den Hochkönig gerettet und die Eiche und den Bock gefunden. Du bist jetzt der Held der Mabden. Du sollst diesem Volk in ehrenvoller Erinnerung bleiben, aber du sollst hier wenig Glück finden. Deine Bestimmung ist eine sehr ehrenvolle.«

Und dann waren die goldene Eiche, der silberne Bock und die Eichfrau verschwunden und wurden danach niemals mehr in den Ländern der Sterblichen gesehen.

Doch Corum wurde weiter von dem Namen Dagdagh gequält, von dem Goffanon erzählte, das es ein sehr alter Name war und vielleicht auch ein Titel. Kein Sidhi-Name, wenn er auch mit den Sidhi verbunden war. Und Goffanon erinnerte sich schwach an eine Geschichte, daß die Dagdagh die Sidhi in einer der legendären neun Schlachten gegen die Fhoi Myore verraten hätte.

Dann, während die anderen feierten, verließ Corum die Halle des Königs und wanderte bis an den Rand des Abgrundes, der das Festland nun von seinem alten Heim Burg Erorn trennte, die nun Burg Owyn genannt wurde. Und er glaubte, ein Gesicht zu sehen, das aus einem der zerbrochenen Fenster der Burg zu ihm herüber starrte. Ein schönes Gesicht, ein Gesicht mit einer goldenen Haut; ein spöttisches Gesicht. Und als Corum »Dagdahgh« rief, antwortete ihm ein Lachen, das in das Spiel einer Harfe überging.

Corum zog sein Schwert und rief: »Dagdagh, laß mich in Frieden!«

Da trat Medheb an seine Seite und sagte: »Dagdagh ist unser Freund, Corum. Dagdagh hat unseren Hochkönig gerettet.«

Aber Corum wußte, daß Dagdagh nicht sein Freund war.

Und das war das Ende der Geschichte von der Eiche und dem Bock und dem gefangenen König. Und alle überlebenden Mabden erhielten Kunde, daß der Hochkönig wieder frei war, und daß sie sich vor Caer Mahlod sammeln sollten, um von dort in ihren letzten großen Krieg gegen die Fhoi Myore zu ziehen.

DIE CHRONIK VON CORUM UND DER SILBERNEN HAND

ERSTES BUCH

In dem ein Heer aufgestellt wird, und Pläne für einen Angriff auf die Fhoi Myore und Caer Llud geschmiedet werden. Sidhi-Rat wird erbeten und dankbar empfangen; doch wie so oft schafft dieser Rat nur weitere Verwirrung . . .

I

Über die Notwendigkeit großer Taten

So versammelten sie sich schließlich vor Caer Mahlod. Und sie kamen alle. Große Krieger in ihren schwersten Rüstungen, auf starken Pferden und mit ihren besten Waffen. Sie boten einen Anblick ernster, stolzer Pracht. Sie schmückten das Land um Caer Mahlod mit den hellen Farben ihrer Seidenzelte und ihrer bestickten Fahnen, und das Gold ihrer Armreife, das Silber ihrer Mantelspangen und das polierte Eisen ihrer Helme funkelte mit den Perlmuteinlagen ihrer Becher und ihrer Reisetruhen in der Sonne. Hier versammelten sich die größten der Mabden Völker, und sie waren auch die letzten, die Stämme des Westens, die Stiefkinder der Sonne, deren Vettern im Osten längst in vergeblichen Schlachten mit den Fjoi Myore untergegangen waren.

Und im Mittelpunkt ihres Heerlagers stand ein Zelt, das die anderen an Höhe überragte. Seine meerblaue Seide zierte kein Wappen und keine Fahne wehte vor seinem Eingang, denn allein die Größe des Zeltes reichte aus, um jedem zu sagen, daß dieses Zelt Ilbrec gehörte, dem Sohn des Manannan-mac-Lyr, der einst der größte der Sidhi-Helden in den alten Kämpfen gegen die Fhoi Myore gewesen war. Neben seinem Zelt war ein riesiges schwarzes Pferd angepflockt, das den Giganten mühelos tragen konnte. Ein Pferd mit nicht zu übersehender Intelligenz in den Augen und außerordentlicher Energie: ein Sidhi-Pferd. Obwohl er auf Caer Mahlod zu Gast war, hatte Ilbrec dort keinen Raum und keine Halle finden können, die ihm ausreichend Platz bot, und so sein Zelt bei den sich versammelnden Kriegern aufgeschlagen.

Hinter dem großen Lagerplatz erhob sich ein grüner Wald mit herrlichen Bäumen. Sanfte Hügel wurden von Büschen mit wilden Blumen gekrönt, deren Farben wie Juwelen in den Strahlen der warmen Sonne aufleuchteten. Und im Westen davon schillerte der blaue, von weißen Schaumkronen durchzogene Ozean, über dem weiße und graue Möwen segelten. Die Strände waren mit Schiffen übersät, die man allerdings von Caer Mahlod aus nicht sehen konnte. Die Schiffe waren von den Inseln des Westens gekommen und hatten die Krieger der Manannan und der Anu gebracht. Sie waren von Gwyddneu Garanhir gekommen und aus Tir-nam-Beo. Es waren Schiffe verschiedenster Bauart und unterschiedlichster Herkunft. Einige waren Kriegsschiffe, andere Handelsschiffe, einige waren zur Hochseefischerei gebaut, aber es gab auch Lastkähne von den breiten Flüssen darunter. Jedes verfügbare Schiff hatte herhalten müssen, um die Mabden nach Caer Mahlod zu bringen.

*

Corum stand auf der Mauer von Caer Mahlod, den Zwerg Goffanon an seiner Seite. Ein Zwerg war Goffanon nur in den Augen der Sidhi, denn er überragte Corum um einen halben Meter. Er trug heute seinen polierten Eisenhelm nicht; sein üppiges, dichtes, schwarzes Haar floß ihm frei über die Schultern und ging in seinen kräftigen, schwarzen Bart über, so daß man unmöglich sagen konnte, wo das Haar aufhörte und der Bart anfing. Der Sidhi-Schmied war in einen einfachen, blauen Kittel gekleidet, den an Kragen und Ärmeln rote Stickereien zierten, und der über der Hüfte von Goffanons breitem Ledergürtel zusammengehalten wurde. Die Füße steckten in hochgeschnürten Sandalen, und darüber trug er grobe Leggins. In der einen großen, narbigen Hand hielt er ein Trinkhorn mit Meet, von dem er hin und wieder einen Schluck nahm. Die andere Hand ruhte auf dem Schaft seiner zweischneidigen Streitaxt, die er fast nie aus der Hand legte – eine der letzten Waffen des Lichtes. Das waren besondere Sidhi-Waffen, die in einer anderen Ebene eigens für den Kampf gegen die Fhoi Myore geschmiedet worden waren. Der Sidhi-Zwerg ließ seinen Blick mit Zufriedenheit über die Zelte der Mabden wandern.

»Es kommen noch immer neue dazu«, sagte er. »Gute Krieger sind das.«

»Aber etwas unerfahren in der Art der Kriegsführung, die wir jetzt vorhaben«, entgegnete Corum.

Er beobachtete einen Trupp Mabden des Nordens, die am

Haupttor vorbeizogen. Sie waren groß und kräftig und schwitzten unter ihren roten Kettenhemden, zu denen sie gehörnte Helme trugen oder einfache Lederkappen. Rotbärtig waren die meisten von ihnen, Soldaten der Tir-nam-Beo. Krieger, die mit mächtigen Breitschwertern bewaffnet waren und runde Eisenschilde führten. Andere Waffen verachteten sie bis auf die Messer an den Ledergurten, die sich über ihren Kettenhemden kreuzten. Ihre dunklen Gestalten wurden durch kriegerische Bemalung und Tätowierung noch furchterregender. Von allen überlebenden Mabden waren diese Männer aus dem hohen Norden die einzigen, die noch zum größten Teil vom Krieg lebten. In ihrer selbstgewählten, rauhen Heimat verschlossen sie sich vor allem, was sie als die Verweichlichungen der Zivilisation ansahen. Sie erinnerten Corum irgendwie an die alten Mabden, die Mabden des Grafen von Krae, die ihn einst hier an dieser Küste gejagt hatten. Und für einen Augenblick wunderte sich Corum wieder über sich selbst, daß er so ohne Vorbehalt bereit war, den Nachkommen dieses grausamen, tierischen Volkes zu helfen. Dann erinnerte er sich an Rhalina, und er wußte, warum er tat, was er tat.

Corum wandte sich ab, um die Dächer der Festungsstadt Caer Mahlod zu betrachten. Er lehnte sich gegen die Brustwehr und entspannte sich in der warmen Sonne. Über einen Monat war es her, daß er vor dem schmalen Abgrund gestanden hatte, der Burg Owyn vom Festland trennte, und seine Herausforderung zu dem Dagdagh-Harfner hinüber geschrien hatte, der nach Corums Überzeugung dort in der Ruine hausen mußte. Nur mit Mühe hatte Medheb Corum damals beruhigen können. Aber schließlich war sie erfolgreich gewesen und hatte ihn seinen Alptraum vergessen lassen. Heute sah er seine damaligen Erlebnisse als Reaktionen auf seine Erschöpfung und die überstandenen Gefahren. Alles, was er gebraucht hatte, war Ruhe. Und mit der Ruhe kam auch wieder seine innere Ausgeglichenheit und Zuversicht zurück.

Jhary-a-Conel erschien auf der Treppe, die zum Wehrgang herauf führte. Er hatte den unvermeidlichen breitkrempigen Hut auf, und seine kleine, geflügelte, schwarzweiße Katze saß bequem auf seiner Schulter. Er begrüßte seine Freunde mit dem üblichen vergnügten Grinsen.

»Ich komme gerade vom Strand. Es sind noch mehr Schiffe angekommen – aus Anu. Das sind die letzten, soweit ich gehört habe. Sie haben keine mehr.«

»Noch mehr Krieger?« fragte Corum.

»Einige wenige. Die Fracht besteht in erster Linie aus Pelzen und Fellen – alles, was die Menschen von Anu uns geben können, dürfte jetzt da sein.«

»Gut.« Goffanon nickte mit seinem mächtigen Haupt. »Wir sind also nicht schlecht ausgerüstet, wenn wir unseren Feldzug gegen das kalte Reich beginnen.«

Jhary nahm seinen Hut ab und wischte sich den Schweiß von der Stirn. »Es fällt einem nicht leicht, sich vorzustellen, daß die Welt wenige Tagesritte von hier in eisigem Frost erstarrt.« Er setzte seinen Hut wieder auf und zog einen Holzspan unter seinem Wams hervor, mit dem er begann, sich in den Zähnen herumzustochern. Sein Blick glitt dabei gedankenverloren über das Heerlager vor den Mauern. »Das hier ist also die ganze Heeresmacht der Mabden. Einige tausend Krieger.«

»Gegen fünf«, fügte Goffanon in beinahe herausforderndem Ton hinzu.

»Fünf Götter«, unterstrich Jhary und sah Goffanon scharf an. »Auch wenn wir guten Mutes sein können, dürfen wir die Macht unserer Feinde nicht unterschätzen. Und dann sind da noch Gaynor – und die Brüder der Kiefern – und die Hunde des Kerenos – und die Goolegh – und . . .« Jhary unterbrach sich, machte eine bedeutungsvolle Pause und fuhr dann leise, fast widerstrebend fort: » . . . und Calatin.«

Der Zwerg lächelte. »Aye«, sagte er, »aber wir haben gelernt, wie wir mit fast allen dieser Gegner fertig werden können. Sie sind nicht länger die Bedrohung, die sie früher für uns darstellten. Die Brüder der Kiefern fürchten das Feuer. Und Gaynor fürchtet Corum .Und für die Goolegh, nun, für die Goolegh haben wir das Sidhi-Horn. Es gibt uns auch Macht über die Hunde. Was Calatin anbelangt . . .«

»Er ist sterblich«, meldete sich Corum zu Wort. »Ein Schwerthieb kann ihn töten. Ich habe vor, diesen Hieb zu führen. Galatin hat nur Macht über dich, Goffanon. Und wer weiß? Diese Macht kann längst im Schwinden sein.«

»Aber die Fhoi Myore selbst fürchten nichts«, erinnerte Jhary-a-Conel. »Das dürfen wir alle nicht vergessen.«

»Auch sie fürchten auf dieser Ebene etwas«, erklärte Goffanon dem Gefährten von Helden. »Sie fürchten Craig Dôn. Daran sollten wir immer denken.«

»Daran denken auch die Fhoi Myore immer. Sie werden sich niemals in die Nähe von Craig Dôn wagen.«

Goffanon der Schmied zog seine schwarzen Augenbrauen zusammen. »Vielleicht werden sie gerade das doch einmal tun«, entgegnete er.

»Es ist nicht Craig Dôn, sondern Care Llud über das wir uns Gedanken machen sollten«, mahnte Corum die Freunde. »Dort werden wir die Fhoi Myore angreifen. Wenn wir Caer Llud erst eingenommen haben wird sich die allgemeine Stimmung ganz beträchtlich verbessern. Ein solcher Erfolg wird unseren Männern den notwendigen Mut und die Kraft geben, die Fhoi Myore einfürallemal zu vernichten.«

»Es sind wahrhaftig große Taten notwendig«, stimmte Goffanon zu, »und auch ein listenreicher Schlachtplan.«

»Und starke Verbündete«, ergänzte Jhary nachdenklich. »Mehr Verbündete, wie Ihr selbst, Goffanon, und der goldene Ilbrec es sind. Mehr Sidhi-Freunde.«

»Ich fürchte, es gibt keine Sidhi mehr außer uns beiden«, murmelte Goffanon.

»Solche düstere Stimmung paßt nicht zu Euch, Freund Jhary!« Corum klopfte seinem Gefährten mit der silbernen Hand auf die Schulter. »Warum seid Ihr so bedrückt? Wir sind stärker als jemals zuvor!«

Jhary zuckte mit den Achseln. »Vielleicht verstehe ich die Art der Mabden einfach nicht. Alle diese Neuankömmlinge scheinen so guter Stimmung zu sein, als begriffen sie die Gefahren gar nicht, die auf sie warten. Es ist, als kämen sie zu einem freundschaftlichen Turnier mit den Fhoi Myore und nicht zu einem Krieg auf Leben und Tod, der das Schicksal der ganzen Welt entscheiden wird!«

»Ja, sollen sie denn schon jetzt trauern?« wollte Goffanon verwundert wissen.

»Nein . . .«

»Sollen sie sich nur über Tod und Untergang Gedanken machen? Sollen sie sich verhalten, als hätten sie den Krieg schon verloren?«

»Natürlich nicht . . .«

»Sollen sie sich mit Totengesängen unterhalten anstatt mit Kampfliedern? Sollen sie die Gesichter zur Erde senken und Tränen in den Augen tragen?«

Jhary begann zu lächeln. »Ihr habt recht, muß ich zugeben, Ihr schrecklicher Zwerg. Es ist einfach nur, daß ich schon so viele Schlachten mit angesehen habe. Aber noch nie zuvor habe ich Männer gesehen, die sich mit solcher Gleichgültigkeit auf ihren Tod vorbereiten.«

»So ist die Art der Mabden«, erklärte ihm Corum. Er wechselte einen Blick mit Goffanon, der breit grinste. »So haben sie es von den Sidhi gelernt.«

»Und wer sagt, daß sie sich auf ihren eigenen Tod vorbereiten und nicht auf den Tod der Fhoi Myore«, setzte Goffanon hinzu.

Jhary deutete eine Verbeugung an. »Ich erkenne an, was Ihr sagt. Es beruhigt mich. Aber trotzdem ist hier alles sehr ungewohnt für mich. Und ohne Zweifel ist es die Fremdartigkeit der Art und Weise, wie diese Männer in den Krieg ziehen, die in mir ein so ungutes Gefühl wachruft.«

Corum beschlichen selbst Gefühle der Unsicherheit, als er seinen sonst so sorglosen Freund in so bedrückter Stimmung erlebte. Er versuchte zu lächeln. »Kommt jetzt, Jhary, und laßt dieses düstere Brüten. Es steht Euch nicht. Die sorgenvollen Blicke gehören zu Corum, und Jhary ist es, der sonst darüber lacht . . .«

Jhary seufzte.

»Aye«, sagte er voll Bitterkeit, »es scheint nicht möglich zu sein, nehme ich an, unsere vorgegebenen Rollen in dieser Zeit zu vergessen.«

Und er wandte sich von den beiden Freunden ab, wanderte

weiter den Wehrgang entlang, bis er in einiger Entfernung haltmachte und in die Ferne starrte. Auf eine weitere Unterhaltung legte er offensichtlich keinen Wert.

Goffanon blickt zur Sonne hinauf.

»Fast Mittag. Ich habe versprochen, den Hufschmieden der Tuha-na-Anu Anweisungen zur Handhabung eines neuen Hammers zu geben, den wir gemeinsam entwickelt haben. Ich hoffe, wir können uns heute abend weiter unterhalten, Corum, wenn wir alle zusammenkommen, um unsere Pläne zu besprechen.«

Corum hob seine silberne Hand zum Gruß, als der Zwerg die Stufen zur Stadt hinabstieg und durch die engen Gassen in Richtung des Haupttores schritt.

Für einen Augenblick fühlte Corum sich gedrängt, zu Jhary zu gehen, aber es war zu offensichtlich, daß Jhary im Moment lieber mit seinen Sorgen allein blieb. Nach einer Weile stieg Corum selbst die Stufen hinab und machte sich auf die Suche nach Medheb, denn er sehnte sich plötzlich nach Trost von der Frau, die er liebte.

Während er zur Halle des Königs ging, bekamen seine Gedanken an Medheb eine andere Note. Er fühlte, daß er vielleicht zu sehr von dieser Frau abhängig war. Manchmal schien er sie zu brauchen, wie ein anderer Mann den Trunk oder eine Droge brauchen mochte. Und obwohl sie so bereitwillig auf sein Verlangen nach ihr einging, konnte es sein, daß er kein Recht hatte, solche Anforderungen an sie zu stellen. Als er jetzt unterwegs war, sie zu suchen, erkannte er deutlich, daß in ihrer Beziehung eine Saat der Tragik und des Mißverständnisses lag. Er zuckte die Achseln. Diese Saaat mußte nicht aufgehen. Sie konnte rechtzeitig zerstört werden. Selbst wenn ihm sein Schicksal im Großen vorausbestimmt war, gab es doch bestimmte Bereiche seines Lebens, in denen er selbst bestimmen konnte, was geschah.

»Sicher muß es so sein«, murmelte er zu sich selbst. Eine Frau, die ihm auf der Straße begegnete, fühlte sich angesprochen. Sie trug ein Bündel Holzstangen, wie sie für Speerschäfte verwandt wurden.

»Mein Lord?«

»Ich sehe, daß unsere Kriegsvorbereitungen überall Fortschritte machen«, antwortete Corum ihr leicht verwirrt.

»Aye, mein Lord. Wir alle arbeiten für den Sieg über die Fhoi Myore.« Sie hob ihr Bündel bedeutungsvoll. »Ich danke Euch, mein Lord . . .«

»Aye.« Corum nickte und zögerte. »Aye, gut. Nun, ich wünsche Euch einen schönen Tag.«

»Guten Tag, mein Lord.« Sie schien sich zu amüsieren.

Corum setzte seinen Weg mit zusammengepreßten Lippen und gesenktem Kopf fort. So gelangte er zur Halle von König Mannach, Medhebs Vater.

Aber Medheb war nicht dort. Ein Diener gab Corum Auskunft: »Sie ist bei ihren Waffen, Prinz Corum, mit einigen anderen Frauen.«

Prinz Corum schritt durch einen niedrigen Gang, zu dem ihn der Diener wies, und kam in einen hohen, weiten Saal, der mit alten Schlachtbannern geschmückt war. Hier übte sich eine Gruppe Frauen mit Bogen, Speer, Schwert und Schleuder.

Medheb stand bei ihnen. Sie wirbelte ihre Schleuder und zielte auf Scheibe am anderen Ende des Saales. Die Tochter des Königs war für ihre Geschicklichkeit und Treffsicherheit mit Schleuder und Tathlum bekannt. Dem Tathlum, jenem schrecklichen Geschoß aus dem Hirn getöteter Feinde, schrieb man besondere übernatürliche Kräfte zu. Als Corum eintrat, ließ Medheb ihr Geschoß fliegen, und das Tathlum traf die kleine Bronzescheibe, die als Ziel diente, mit tödlicher Genauigkeit. Hell klang die Bronze auf und drehte sich wild an dem Seil, mit dem sie an der Decke des Saales befestigt war. Das Licht der Fackeln, die den Raum erleuchteten, spiegelte sich in der Scheibe und sandte zuckende Blitze durch die Halle.

»Seid gegrüßt, Medheb vom Langen Arm«, rief Corum. Seine Stimme hallte durch den weiten Saal.

Sie wandte sich um, erfreut, daß er Zeuge ihrer Treffsicherheit gewesen war. »Seid mir gegrüßt, Prinz Corum.« Sie legte die Schlinge zur Seite, lief zu ihm und schloß ihn in die Arme. Dann blickte sie ihm tief in die Augen. Ihre Stirn runzelte sich. »Welche Melancholie hat dich befallen, Liebling? Was hat dich so verwirrt? Gibt es etwas Neues von den Fhoi Myore?«

»Nein.« Er hielt sie im Arm und war sich dabei bewußt, daß die anderen Frauen zu ihnen herüber starrten. Ruhig sagte er: »Ich verspürte nur einfach den Wunsch, dich zu sehen.«

Sie lächelte ihn sanft an. »Ich fühle mich geehrt, Sidhi-Prinz.«

Die Worte, die sie gewählt hatte, verwirrten ihn nur noch mehr. Die Anrede betonte ihre Unterschiedlichkeit in Blut und Herkunft. Er sah ihr in die Augen, und sein Blick hatte nichts Liebevolles. Sie erkannte etwas Fremdes in diesem Blick und wich verunsichert einen Schritt von ihm zurück. Ihre Arme vielen an ihre Seite. Er erkannte, daß er das Gegenteil von dem erreichte, was er sich von seinem Besuch bei Medheb versprochen hatte. Nun war auch sie verwirrt. Er hatte sie zurückgewiesen. Aber hatte sie nicht selbst durch ihre Bemerkung erst eine Wand zwischen ihnen beiden aufgebaut? Denn auch wenn ihr Lächeln voll Liebe gewesen war, hatte ihre Worte ihn irgendwie verletzt. Er wandte sich ab und sagte kühl:

»Nun habe ich mir meinen Wunsch erfüllt. Ich werde jetzt Ilbrec einen Besuch abstatten.«

Er wünschte sich so sehr, sie würde ihn bitten zu bleiben, aber er wußte, daß sie das nicht konnte; genau so wenig wie er es ertragen konnte, noch länger hier zu bleiben. Ohne ein weiteres Wort verließ er den Saal.

Und im Stillen verfluchte er Jhary-a-Conel, weil dieser den Tag mit seinen düsteren Gedanken vergiftet zu haben schien. Von Jhary konnte man sonst Besseres erwarten.

Doch er wußte auch, daß man bei gerechter Betrachtungsweise einfach zu viel von Jhary verlangte. Jhary hatte sich, wenn auch nur für den Augenblick, diesen überzogenen Anforderungen entzogen. Und Corum begriff, daß er selbst begann, sich zu sehr auf die Stärke anderer zu verlassen und nicht mehr Ruhe und Sicherheit bei sich selbst suchte. Welches Recht hatte er Stärke bei anderen zu erwarten, solange er bei sich selbst Schwäche duldete?

»Ich mag wohl der Ewige Held sein«, murmelte er vor sich hin, als er seine eigenen Räume erreichte, die er nun mit Medheb teilte, »aber zum ewigen Helden scheint auch ewiges Selbstmitleid zu gehören. Jedenfalls sieht es manchmal so aus.«

Und er warf sich auf sein Bett und dachte über seinen Charakter nach, und schließlich begann er zu lächeln, und seine düstere Stimmung begann zu verfliegen.

»Eins läßt sich nicht bestreiten«, sagte er, »Untätigkeit bekommt mir nicht im geringsten. Sie ermuntert alle schwermütigen, grüblerischen Züge meines Charakters. Meine Bestimmung ist die eines Kriegers. Vielleicht sollte ich mich nur noch auf Taten konzentrieren und alle Grübeleien denen überlassen, die mehr vom Denken verstehen.« Er lachte und begann seine eigenen Schwächen zu respektieren, aber er faßte gleichzeitig den festen Vorsatz, sich von diesen Schwächen nicht mehr an seiner Aufgabe irre machen zu lassen.

Dann stand er auf und machte sich auf den Weg zu Ilbrec.

II

Eine rote Klinge wird geschmiedet

Corum suchte sich seinen Weg durch das Lager zu Ilbrecs Zelt. Er wich Seilen und Zeltpflöcken aus. Rings um ihn herum knatterten die Zeltbahnen im Wind. Endlich kam er vor dem riesigen Pavillion an, dessen seeblaue Seide sich im Wind wellte, und er rief:

»Ilbrec! Sohn des Manannan, seid Ihr da drinnen?«

Als Antwort erklang ein gleichmäßiges schleifendes Geräusch, mit dem Corum zunächst nichts anfangen konnte, bis er es lächelnd erkannte. Er rief erneut, diesmal mit lauterer Stimme:

»Ilbrec – Ich höre, daß Ihr Euch auf die Schlacht vorbereitet. Darf ich eintreten?«

Das schleifende Geräusch verstummte, und die vergnügte, dröhnende Stimme des jungen Riesen antwortete:

»Tretet ein, Corum. Ihr seid mir willkommen.«

Corum zog eine Zeltbahn zur Seite. Das einzige Licht im Inneren des Zeltes war das Sonnenlicht, das durch die Seide drang und den Eindruck einer blauen Unterwasserhöhle vermittelte, nicht unähnlich Ilbrecs eigenem Reich unter den Wogen. Ilbrec saß auf einer schweren Truhe, sein Schwert Vergelter über den Knien. In seiner Hand hielt er einen Stein, mit dem er das Schwert schliff. Ilbrecs goldenes Haar hing in losen Flechten über seine Brust. Heute war auch sein Bart zu kleinen Zöpfen geflochten. Er trug einen einfachen grünen Umhang und bis zu den Knien geschnürte Sandalen. In einer Ecke des Zeltes lag seine Rüstung; sein Brustharnisch aus Bronze mit Reliefen, die eine große, stilisierte Sonne zeigten, in deren Kreis Bilder von Schiffen und Fischen zu sehen waren; sein Schild, der nur das Sonnensymbol zeigte, und sein Helm, den ein ähnliches Motiv schmückte. An seinem leicht gebräunten Arm trug Ilbrec mehrere schwere Reife oberhalb und unterhalb des Ellbogens, die ebenfalls aus Gold waren und zu den Motiven der Rüstung paßten. Ilbrec, Sohn des größten aller Sidhi-Helden, war volle vier Meter groß und wohl proportioniert.

Ilbrec grinste Corum zu und begann wieder sein Schwert zu schärfen.

»Ihr seht bedrückt aus, Freund.«

Corum durchquerte das Zelt und stellte sich neben Ilbrecs Helm. Er fuhr mit seiner Hand aus Fleisch und Blut langsam über die wunderbar gearbeitete Bronze. »Vielleicht sind es Vorahnungen meines Verderbens«, sagte er zu Ilbrec.

»Aber Ihr seid doch unsterblich, Prinz Corum.«

Corum wandte sich dieser neuen Stimme zu, die noch jünger klang als die Ilbrecs.

Ein Jüngling von nicht mehr als vierzehn Sommern hatte das Zelt betreten. Corum erkannte ihn als König Fiachadhs jüngsten Sohn, der von allen Jung Fean genannt wurde. Jung Fean sah seinem Vater vom Gesicht her ähnlich; aber wo der Körper seines Vaters grobschlächtig wirkte, war Jung Feans Gestalt feingliederiger und hübscher. Sein Haar war so rot wie das seines Vaters, und in seinen Augen schimmerte fast immer etwas von Fiachadhs Humor. Er lächelte Corum zu. Und Corum dachte, wie immer, wenn er ihm begegnete, daß es auf der ganzen Welt kein Wesen gab, das mehr Charme besaß als dieser junge Krieger, der sich bereits als einer der klügsten und geschicktesten Kämpfer des ganzen Lagers erwiesen hatte.

Corum lachte. »Schon möglich, Jung Fean, aye. Aber dieser Gedanke allein kann mich irgendwie nicht recht beruhigen.«

Jung Feans Lächeln erlosch für einen Augenblick. Er schlug seinen leichten Mantel aus orangefarbenem Samit zurück und nahm seinen glatten stählerenen Helm ab. Er schwitzte. Ganz offensichtlich kam er gerade von seinen Waffenübungen.

»Ich kann Eure Sorgen verstehen, Prinz Corum.« Er verbeugte sich leicht in Ilbrecs Richtung, der hocherfreut schien, ihn zu sehen. »Seid gegrüßt, Lord Sidhi.«

»Seid gegrüßt, Jung Fean. Kann ich irgend etwas für Euch tun?« Ilbrec fuhr fort, Vergelter mit weit ausholenden, regelmäßigen Bewegungen zu schleifen.

»Nichts, ich danke Euch. Ich wollte nur mit Euch sprechen.« Jung Fean zögerte, dann setzte er den Helm wieder auf. »Aber ich sehe, daß ich Euer Gespräch störe.«

»Nicht im geringsten«, versicherte ihm Corum. »Wie sieht es Euerer Meinung nach mit unseren Männern aus?«

»Sie sind alle gute Kämpfer. Es gibt keinen, der sein Handwerk nicht beherrscht. Aber es sind wenige, scheint mir«, erwiderte Jung Fean.

»In beiden muß ich Euch zustimmen«, sagte Ilbrec. »Ich dachte gerade über dieses Problem nach, während ich hier saß.«

»Ich habe mich auch schon damit beschäftigt«, erklärte Corum.

Eine lange Pause trat ein.

»Aber es gibt nirgendwo einen Platz, an dem wir noch mehr Krieger anwerben können«, meinte Jung Fean und warf Corum einen Blick zu, als hoffte er, daß Corum ihm wiedersprechen würde.

»Den gibt es in der Tat nirgendwo«, entgegnete Corum.

Er bemerkte, daß Ilbrec sich nicht äußerte und die Stirn runzelte.

»Es gibt einen Platz, von dem ich gehört habe«, begann Ilbrec schließlich. »Lange ist es her. Damals war ich jünger, als Jung

Fean es heute ist. Ein Ort, an dem Verbündete der Sidhi zu finden sein können. Aber ich habe auch gehört, daß dies ein sehr gefährlicher Ort ist, selbst für einen Sidhi, und daß diese Verbündeten nicht sehr verläßlich sind. Ich werde mich nachher deswegen mit Goffanon besprechen und ihn fragen, ob er mehr darüber weiß.«

»Verbündete?« Jung Fean lachte. »Übernatürliche Verbündete? Wir können jeden Verbündeten gebrauchen, wie unbeständig er auch sein mag.«

»Ich werde mit Goffanon sprechen«, wiederholte Ilbrec und wandte sich wieder seinem Schwert zu.

Jung Fean veabschiedete sich. »Ich werde nichts darüber sagen«, erklärte er ihnen. »Und ich nehme an, daß wir uns alle heute nacht beim Fest sehen.«

Nachdem Jung Fean gegangen war, sah Corum Ilbrec fragend an, aber der goldhaarige Riese gab vor, völlig mit dem Schleifen seines Schwertes beschäftigt zu sein und wich Corums Blicken ständig aus.

Corum rieb sich das Gesicht. »Ich erinnere mich einer Zeit, als ich schon über die Vorstellung, magische Kräfte könnten in dieser Welt am Werke sein, laut gelacht hätte«, sagte er.

Ilbrec nickte abwesend, als wenn er gar nicht richtig mitbekommen hätte, was Corum gerade gesagt hatte.

»Aber nun bin ich soweit, daß ich mich auf solche Dinge gerne verlasse.« Ironie stand in Corums Augen. »Ich muß mich schon darauf einlassen, an so etwas zu glauben. Ich habe meinen Glauben an die Logik und die Macht der Vernunft verloren.«

Ilbrec sah von seiner Arbeit auf. »Vielleicht war Eure Logik nur zu verwickelt und Eure Vernunft zu beschränkt, Freund Corum?« wandte er ruhig ein.

»Mag sein.« Corum seufzte und machte sich auf den Weg, Jung Fean zu folgen. Kurz vor dem Ausgang hielt er plötzlich inne, neigte den Kopf zur Seite und lauschte angespannt. »Hört Ihr es auch?«

Ilbrec lauschte. »Hier im Lager gibt es eine Menge zu hören.«

»Ich dachte, ich hätte eine Harfe spielen gehört.«

Ilbrec schüttelte den Kopf. »Pfeifen – in einiger Entfernung.

Aber keine Harfe.« Dann runzelte er die Stirn und lauschte wieder. »Möglich, da ist ganz weit weg etwas, das nach den Saiten einer Harfe klingt. Nein.« Er lachte. »Ihr redet mir nur ein, es zu hören, Corum.«

Aber Corum wußte, daß er die Dagdagh-Harfe gehört hatte, wenn auch nur einige Herzschläge lang. Und er war wieder zutiefst beunruhigt. Er sagte nichts mehr davon zu Ilbrec, sondern verließ das Zelt. Während er durch das Lager ging, hörte er eine ferne Stimme nach ihm rufen:

»Corum! Corum!«

Er drehte sich um. Hinter ihm lagerte eine Gruppe von Kriegern in Kilts, die sich unterhielten und eine Flasche herumgehen ließen. Im Hintergrund sah Corum jetzt Medheb über das Gras laufen. Es war Medheb, die er gehört hatte.

Sie rantne um die Gruppe der Krieger herum und blieb einen Schritt vor Corum stehen. Zögernd streckte sie einen Arm nach ihm aus und berührte seine Schulter. »Ich habe dich in unseren Gemächern gesucht«, sagte sie zärtlich, »aber du warst fort. Wir dürfen keinen Streit zwischen uns aufkommen lassen, Corum.«

Sofort verbesserte sich Corums Stimmung, und er lachte und umarmte sie, ohne auf die Krieger zu achten, die jetzt auf das Paar aufmerksam geworden waren.

»Wir wollen uns nicht mehr streiten«, sagte er. »Es war meine Schuld, Medheb.«

»Niemand und nichts ist schuld. Nur das Schicksal ist für alles verantwortlich.«

Sie küßte ihn. Ihre Lippen waren warm. Sie waren weich. Er vergaß all seine Ängste.

»Welche große Macht Frauen doch haben«, meinte er. »Ich habe gerade mit Ilbrec über Magie gesprochen, aber die größte Magie ist der Kuß einer Frau.«

Sie täuschte Erstaunen vor. »Ihr werdet sentimental, Sir Sidhi.«

Und wieder hatte er für einen winzigen Augenblick das Gefühl, daß sie sich irgendwie von ihm zurückzog.

Dann lachte sie und küßte ihn noch einmal. »Fast so sentimental wie Medheb.«

Hand in Hand wanderten sie durch das Lager und winkten denen zu, die sie erkannten, und denen, von denen sie erkannt wurden.

An einem Ende des Lagers waren mehrere Waffenschmieden errichtet. In den Essen röhrten die Flammen, von Blasebälgen unermüdlich entfacht. Die Hämmer dröhnten auf dem Amboß. Große, schwitzende Männer in ledernen Kitteln schoben Eisen in die Flammen und zogen sie weißglühend wieder heraus. Über ihnen waberte die Luft von der Hitze. Und mitten unter den Arbeitenden stand Goffanon, der ebenfalls eine lederne Schürze trug. Er hielt einen schweren Hammer in der einen Hand und eine Zange in der anderen. Goffanon war in ein Gespräch mit einem Mann vertieft, den Corum als den Meisterschmied Hisak erkannte. Hisaks Beiname war Sonnendieb, denn man sagte ihm nach, er habe die Glut der Sonne gestohlen und seine leuchtenden Klingen daraus geschmiedet. In der Esse, neben der die beiden standen, wurde gerade ein Stück Metall erhitzt. Während ihres Gespräches beobachteten Goffanon und Hisak dieses Stück aufmerksam. Ganz offensichtlich war dieses Stück auch der Gegenstand ihrer Unterhaltung.

Corum und Medheb sprachen die beiden nicht an, sondern stellten sich neben sie und hörten zu.

»Noch sechs Herzschläge weiter«, hörten sie Hisak sagen, »und es wird fertig sein.«

Goffanon lächelte. »Sechs und einen viertel Herzschlag, glaubt mir, Hisak.«

»Ich glaube Euch, Sidhi. Ich habe gelernt, Eurer Weisheit und Eurer Kunstfertigkeit zu vertrauen.«

Schon langte Goffanon mit seiner Zange in die Flammen. Mit einer seltsam anmutenden Sanftheit griff er das Metall und zog es rasch aus der Glut. Seine Augen waren mit höchster Konzentration auf das Eisen gerichtet. Seine Blicke wanderten daran auf und ab. »Es ist richtig«, sagte er.

Hisak musterte ebenfalls eindringlich das weißglühende Metall und nickte. »Es ist richtig.«

Goffanons Lächeln hatte schon fast etwas Entrücktes an sich, als er sich halb umwandte und Corum erblickte. »Aha, Prinz

Corum. Du könntest in keinem besseren Augenblick kommen. Sieh her!« Er hielt das glühende Metallstück hoch. Jetzt schimmerte es rotglühend in der Farbe frischen Blutes. »Sieh her, Corum! Was siehst du?«

»Ich sehe eine Schwertklinge.«

»Du siehst die beste Schwertklinge, die je in Mabdenlanden geschmiedet wurde. Wir haben Wochen gebraucht, um das hier zu erreichen. Wir beide, Hisak und ich, haben es geschmiedet. Es ist ein Symbol für den alten Bund zwischen Sidhi und Mabden. Ist es nicht herrlich?«

»Es ist eine wunderbare Klinge.«

Goffanon schwenkte das rote Schwert in der Luft hin und her. Das Metall begann zu summen. »Es muß noch weiter bearbeitet werden, aber es ist fast fertig. Es muß auch noch einen Namen erhalten, dieses Schwert. Das wird dir überlassen bleiben.«

»Mir überlassen bleiben?«

»Selbstverständlich!« Goffanon lachte vor Begeisterung. »Selbstverständlich! Es ist dein Schwert, Corum. Es ist das Schwert, mit dem du die Mabden in die Schlacht führen wirst.«

»Mein Schwert?« Corum trat überrascht einen Schritt zurück.

»Unser Geschenk für dich. Heute nacht, nach dem Fest, werden wir hierher zurückkehren, und dann wird das Schwert fertig für dich sein. Es wird dir ein guter Freund sein, dieses Schwert, aber erst wenn du ihm einen Namen gegeben hast, wird es dir all seine Stärke geben können.«

»Ich fühle mich geehrt, Goffanon«, erwiderte Corum. »Ich ahnte nicht . . .«

Der riesige Zwerg stieß die Klinge in einen Wasserbottich. Zischend stieg eine Dampfwolke auf. »Halb Sidhi-Werk und halb von Menschenhand. Das richtige Schwert für dich, Corum.«

»In der Tat«, stimmte Corum zu. Er war von Goffanons Worten tief berührt. »In der Tat, du hast recht, Goffanon.« Er wandte sich schüchtern dem grinsenden Hisak zu. »Ich danke Euch, Hisak, Ich danke euch beiden.«

Dann sagte Goffanon ruhig und etwas geheimnisvoll: »Nicht umsonst nennt man Hisak den Sonnendieb. Aber erst ist noch ein Lied zu singen, und ein Zeichen muß gemacht werden.«

Die Rituale respektierend, aber ohne ihnen persönlich irgendwelche Bedeutung beizumessen, nickte Corum ernst. Er war überzeugt, daß ihm eine große Ehre zuteil wurde, aber er war nicht in der Lage zu sagen, worin diese Ehre denn nun genau bestand.

»Ich danke euch nochmals«, sagte er tief beeindruckt. »Ich finde nicht die geeigneten Worte, denn die Sprache ist ein armseliges Mittel, um die Gefühle auszudrücken, die ich euch mitteilen möchte.«

»Dann laßt uns von dieser Sache nicht weiter sprechen, bis die Zeit der Schwerttaufe gekommen ist«, erklärte Hisak, der sich damit zum erstenmal äußerte. Seine Stimme klang schroff, aber verständnisvoll.

»Ich bin eigentlich gekommen, um dich wegen einer anderen Angelegenheit zu fragen, Goffanon«, sagte Corum. »Ilbrec erzählte mir vorhin von möglichen Verbündeten. Ich wollte wissen, ob du mir dazu etwas sagen kannst.«

Goffanon zuckte die Achseln. »Ich habe dir schon gesagt, daß mir keine weiteren möglichen Verbündeten für den Kampf gegen die Fhoi Myore einfallen.«

»Dann wollen wir diese Sache ruhen lassen, bis Ilbrec selbst Zeit gefunden hat, sich mit Euch darüber zu unterhalten«, verkündete Medheb und zupfte Corum am Ärmel. »Wir sehen uns heute abend alle auf dem Fest, meine Freunde. Jetzt sollten wir ein wenig ausruhen.«

Und sie führte einen nachdenklichen Corum zurück zu den Mauern von Caer Mahlod.

III

Auf dem Fest

Die große Halle von Caer Mahlod hatte sich gefüllt. Für einen Fremden wäre es kaum vorstellbar gewesen, daß die Menschen hier sich auf den letzten, verzweifelten Kampf gegen einen nahezu unbezwingbaren Feind vorbereiteten. Im Gegenteil, alles hier trug den Charakter einer Siegesfeier.

Vier lange Eichentische formten ein weites Viereck, in dessen Mitte recht unbequem ein goldhaariger Riese saß. Ilbrec hatte seinen eigenen Becher, seinen Teller und seinen Löffel mitgebracht. An den Tischen saßen, mit den Gesichtern nach innen, die Edelen der Mabden. Der Hochkönig, der schlanke, asketische Amergin, nahm unter ihnen den Ehrenplatz ein. Er trug seinen von Silberfäden durchzogenen Mantel und eine Krone aus heiligem Eichenlaub. Ihm gegenüber saß Corum, mit seiner bestickten Augenklappe und seiner silbernen Hand. Zu beiden Seiten von Amergin saßen Könige, und neben den Königen saßen Königinnen und Prinzen und die berühmtesten Ritter mit ihren Damen. Corum hatte Medheb zu seiner Rechte und Goffanon zu seiner Linken. Und neben Medheb saß Jhary-a-Conel, und neben Goffanon saß Hisak Sonnendieb, der geholfen hatte, die noch namenlose Klinge zu schmieden.

Kostbare Seiden und Pelze, Schmuck aus rotem Gold und weißem Silber, aus poliertem Eisen und schimmernder Bronze, besetzt mit Smaragden, Rubinen und Saphiren – das alles erfüllte die von hell brennenden Fackeln erleuchtete Halle mit den strahlendsten Farben. Die Luft war voll Rauch und dem Duft der Tiere, die in der Küche gebraten und in Vierteln hereingetragen wurden. In einer Ecke saßen Musikanten mit Harfen, Pfeifen und Trommeln und spielten süße Melodien, die zu dem Stimmengewirr in der Halle paßten. Es waren fröhliche Stimmen, und die Unterhaltung mischte sich oft mit ausgelassenem Gelächter.

Alle sprachen mit Begeisterung dem Mahle zu bis auf Corum, der guter Stimmung war, dem es aber aus irgendeinem Grund an Appetit fehlte. Gelegentlich wechselte er ein paar Worte mit Goffanon und Jhary-a-Conel, trank aus seinem goldenen Horn und ließ seine Blicke über die versammelte Runde um ihn gleiten. Er erkannte alle der anwesenden großen Helden und Heldinnen des Mabden-Volkes.

Neben den fünf Königen – König Mannach, König Fiachadh, König Daffyn, König Khonun von den Tuha-na-Anu und König Ghachbes von den Tuha-na-Tir-nam-Beo – gab es noch viele, deren Ruhm schon in den Liedern ihrer Völker besungen wurde.

Unter ihnen waren Fionha und Cahleen, zwei Töchter des großen, schon toten Ritters Milgan dem Weißen. Blond, mit einer Haut von Milch, einander ähnlich wie Zwillinge, gekleidet in Gewänder mit gleichem Schnitt und gleicher Farbe, nur daß das eine Gewand in der Grundfarbe rot war und blau bestickt, und das andere blau war mit roten Stickereien. Die beiden kriegerischen Schwestern flirteten mit zwei Rittern ihnen gegenüber. Die honigfarbenen Augen funkelten dabei und ihr Haar wallte ihnen wild und ungebunden über die Schultern. Nicht weit von ihnen saß der, den man den Baumschwinger nannte, Phadrac vom Crag von Lyth, fast so groß und breitschulterig wie Goffanon, mit grünen, leuchtenden Augen und einem roten Mund, dem man ansah, daß er gerne lachte. Seine Waffe war ein ganzer Baumstamm, mit dem er seine Gegner vom Pferd schlug. Der Baumschwinger lachte heute abend wenig, denn er trauerte um seinen Freund Ayan mit den haarigen Händen, den er während eines Kampfspieles im Rausch erschlagen hatte. Und am nächsten Tisch war Jung Fean der Mittelpunkt, der Liebling aller Adelstöchter, die bei jedem seiner Worte kicherten und ihm über das rote Haar strichen und ihn mit den besten Bissen fütterten. Neben ihm saßen die Fünf Ritter von Eralskee; Brüder, die bis vor kurzem noch jeden Kontakt mit den Tuha-na-Anu abgelehnt hatten, weil sie eine Blutfehde gegen ihren Onkel, König Khonun führten, den sie für den Mörder ihres Vaters hielten. Jahrelang hatte sie von ihren Bergverstecken aus die Länder König Khonuns überfallen und versucht, eine Armee gegen ihn anzuwerben. Doch nun hatten sie geschworen, ihre Fehde ruhen zu lassen, bis der Sieg über die Fhoi Myore errungen war. In ihrem Äußeren glichen sich alle fünf bis auf den jüngsten, der schwarzes Haar hatte und nicht ganz so grimmig blickte wie seine Brüder. Alle trugen sie den spitzen konischen Helm mit dem Eulenzeichen von Eralskee. Große, harte Männer waren es, die jetzt in Erwartung der kommenden Kämpfe lächelten.

Dann war da Morkyan von den beiden Lächeln. Eine Narbe in seinem Gesicht ließ die eine Hälfte der Lippe nach oben und die andere nach unten lächeln, aber nicht darum wurde er Morkyan von den beiden Lächeln genannt. Man erzählte sich, daß nur

Morkyans Feinde seine beiden Lächeln sahen – das erste Lächeln bedeutete, daß er sie zu töten beabsichtigte, und das zweite hieß, daß sie tot waren. Morkyan beeindruckte auch durch sein elegantes, dunkelblaues Lederwams und eine passende Lederkappe. Er trug einen Spitzbart und darüber einen nach oben geschwungenen Schnurbart. Sein kurzes Haar wurde fast ganz von der Kappe verborgen. An zwei Freunden vorbei beugte sich zu Morkyan Kernyn der Zerlumpte vor, der wie ein Bettler aussah. Seine Armut verdankte er seiner seltsamen Angewohnheit, den Familien der Männer, die er erschlagen hatte, großzügige Geschenke zu machen. In der Schlacht von dämonischer Wildheit, packte Kernyn nachher die Reue für jeden Feind, den er tötete, und er tat alles, um dessen Angehörige ausfindig zu machen und sie mit einem ausreichenden Betrag zu versöhnen. Kernyns braunes Haar und sein langer Bart waren ausgebleicht und ungepflegt. Aber sein langes, trauriges Gesicht glühte jetzt vor Begeisterung, als er mit Morkyan Erinnerungen an eine Schlacht austauschte, bei der sie auf unterschiedlicher Seite gekämpft hatten.

Grynion Bullenreiter war ebenfalls da. Er hatte seinen Arm um die kräftige Hüfte von Sheonan, der Axtfrau, gelegt, eines anderen Mädchens mit überragenden kämpferischen Fähigkeiten. Grynion hatte sich seinen Beinamen verdient, als er sich fast tödlich verwundet auf einen wilden Bullen schwang und das Tier in die Mitte des Schlachtgetümmels gegen seine Feinde lenkte, die ihm schon sein Pferd und seine Waffen abgenommen hatten. Von einem der Braten schnitt sich gerade Ossan, der Sattler, ein großes Stück ab. Die Kunst seiner Lederarbeiten hatte ihn berühmt gemacht. Sein Wams und seine Kappe waren aus feingegerbtem Leder mit eingeprägten fließenden Mustern. Obwohl bereits ein Mann in fortgeschrittenen Jahren, bewegte er sich mit der Gewandheit eines Jünglings. Er grinste zufrieden, während er sich das Fleischstück in den Mund schob, und Bratensaft in seinen ingwerroten Bart tropfte. Dann wandte er sich einem anderen Ritter zu, der allen, die ihn hören wollten, lautstark seinen neuesten Witz zum Besten gab.

Und noch viele andere saßen an der Tafel: Fene der Beinlose,

Uther aus dem Traurigen Tal, Pwyll Rückenbrecher, Shamane der Große und Shamane der Kleine, der Rote Fuchs Meyahn, Meister Dylann, Ronan der Blasse und Clar von hinter dem Westen, um nur einige von ihnen zu nennen. Corum hatte sie alle bei ihrer Ankunft auf Caer Mahlod kennengelernt. Und Corum wußte, daß viele von ihnen den letzten Kampf mit den Fhoi Myore nicht überleben würden.

Nun klang Amergins klare, starke Stimme auf und rief:

»Wohl an, Corum von der Silbernen Hand, seid Ihr zufrieden mit Euren Gefährten, die Ihr in die Schlacht führen werdet?«

Corum antwortete mit Dankbarkeit. »Mein einziger Zweifel besteht darin, daß es viele hier gibt, die würdiger sind als ich, solche großen Krieger in den Kampf zu führen. Es ist eine große Ehre für mich, für diese Aufgabe auserwählt zu sein.«

»Wohl gesprochen!« König Fiachadh hob sein Meethorn. »Ich trinke auf Corum, den Bezwinger von Sreng von den Sieben Schwertern, den Rettern unseres Hochkönigs. Ich trinke auf Corum, der uns Mabden unseren Stolz zurückgegeben hat!«

Und Corum errötete, als sie ihn hochleben ließen und auf seine Gesundheit tranken, und als sie geendet hatten, stand er auf und hob sein eigenes Horn und sprach diese Worte:

»Ich trinke auf diesen Stolz! Ich trinke auf das Volk der Mabden!«

Die ganze Gesellschaft brach in begeisterte Rufe aus und alle tranken.

Dann sagte Amergin:

»Wir können uns glücklich preisen, Sidhi-Verbündete zu haben, die sich im Kampf gegen die Fhoi Myore an unsere Seite stellen. Wir können uns glücklich preisen, daß uns viele unserer großen Schätze zurückgegeben wurden. Mit Hilfe dieser Schätze gelang es uns, die Fhoi Myore zurückzuschlagen, als sie uns vernichten wollten. Ich trinke auf die Sidhi und die Geschenke der Sidhi.«

Wieder trank die ganze Gesellschaft bis auf einen gerührten Ilbrec und einen amüsierten Goffanon und brachte Hochrufe aus.

An Ilbrec war es, die nächsten Worte zu sprechen. Er sagte:

»Wenn die Mabden nicht solchen Mut besäßen, wenn sie nicht ein Volk von so edeler Gesinnung wären, würden ihnen die Sidhi nicht helfen. Wir kämpfen für das Schöne und Edele in allen lebenden Wesen!«

Goffanon knurrte zustimmend. »Im großen und ganzen«, setzte er dann hinzu, »sind die Mabden kein selbstsüchtiges Volk. Sie sind nicht hochmütig. Sie respektieren einander. Sie sind nicht habsüchtig. Und sie sind in der Regel nicht selbstgerecht. Aye, ich fühle mich von diesem Volk angezogen. Ich bin glücklich, daß ich mich schließlich doch entschlossen habe, für die Sache dieses Volkes zu kämpfen. Es ist gut, für eine solche Sache zu sterben.«

Amergin lächelte. »Ich hoffe, Ihr erwartet nicht den Tod, Sir Sidhi. Ihr redet, als sei er für Euch unausweichlich.«

Und Goffanon senkte achselzuckend die Augen.

Schnell warf König Mannach ein: »Wir werden die Fhoi Myore besiegen. Wir müssen. Aber ich muß doch einräumen, daß wir jede Hilfe, die die Vorsehung noch bereit halten mag, gut gebrauchen können.« Er sah Corum bedeutungsvoll an, der nickte.

»Magie ist die beste Waffe gegen Magie«, stimmte Corum zu. »Ist es das, was Ihr damit andeuten wolltet, König Mannach?«

»Das wollte ich sagen«, bestätigte Medhebs Vater.

»Magie!« Goffanon lachte. »Es gibt nicht mehr viel Magie auf dieser Welt außer der, derer sich die Fhoi Myore und ihre Freunde bedienen.«

»Doch hörte ich davon, daß es irgendwo . . .« Corum wurde sich erst bei seinen Worten richtig bewußt, was er sagte. Er hielt inne und überdachte seine plötzliche Eingebung.

»Wovon hörtet Ihr?« erkundigte sich Amergin und beugte sich erwartungsvoll vor.

Corum sah zu Ilbrec. »Ihr habt von einem magischen Ort gesprochen, Ilbrec. Heute nachmittag. Ihr sagtet, Ihr wüßtet vielleicht, wo noch magische Verbündete für uns zu finden seien.«

Ilbrec warf Goffanon einen raschen Blick zu. Der Zwerg runzelte die Stirn. »Ich sagte«, erklärte Ilbrec, »daß ich *vielleicht* etwas wüßte . . . Aber es war nur eine blasse Erinnerung.«

»Es ist zu gefährlich«, wandte Goffanon ein. »Wie ich dir

schon vorhin sagte, Ilbrec, wundere ich mich, daß du überhaupt so etwas zur Sprache gebracht hast. Das beste, was wir tun können, ist, den größtmöglichen Nutzen aus dem zu ziehen, was uns jetzt für den Kampf zur Verfügung steht. Mehr wird es nicht geben.«

»Sehr gut«, meinte Ilbrec. »Du warst schon immer vorsichtig, Goffanon.«

»In diesem Fall sehr zu recht«, knurrte der Sidhi-Zwerg.

Aber jetzt war es bereits still in der Halle geworden, und jeder lauschte dem Wortwechsel zwischen den Sidhi.

Ilbrec blickte in die Runde und wandte sich an die Versammelten. »Ich habe einen Fehler gemacht«, sagte er. »Magie und alles, was mit ihr zusammenhängt, wendet sich zu leicht gegen den, der Gebrauch davon machen will.«

»Das ist wahr«, bestätigte Amergin. »Wir respektieren Eure Zurückhaltung, Sir Sidhi.«

»Daran tut Ihr gut«, beendete Ilbrec das Thema. Aber man sah ihm an, daß er Goffanons Bedenken nicht recht teilen mochte. Vorsichtig war kein augeprägter Zug im Charakter des Sidhi-Jünglings, genausowenig wie sie es im Charakter seines großen Vaters gewesen war.

»Euer Volk hat in neun großen Schlachten gegen die Fhoi Myore gekämpft«, sagte König Fiachadh und wischte sich den Bratensaft von den Lippen. »Deshalb kennt Ihr sie am besten. Und deshalb werden wir jedem Rat folgen, den Ihr uns gebt.«

»Und gebt Ihr uns einen Rat, Sir Sidhi?« fragte Amergin.

Goffanon blickte von seinem Becher auf, in den er nachdenklich gestarrt hatte. Seine Augen hatten einen harten Ausdruck. Sie brannten mit einem Feuer, daß bisher niemand darin gesehen hatte .»Nur daß Ihr Euch vor Helden in acht nehmen sollt«, sagte er.

Und niemand fragte ihn, was das bedeuten sollte, denn alle waren von dieser Bemerkung völlig überrascht und verwirrt.

Nach einiger Zeit ergriff König Mannach das Wort:

»Es wurde übereinstimmend entschieden, daß wir direkt bis Caer Llud vorrücken und dort zuerst angreifen. Es gibt Einwände gegen diesen Plan. Wir werden direkt in das kälteste Gebiet im Reich der Fhoi Myore marschieren müssen. Aber nur so haben wir eine Chance, sie zu überraschen.«

»Danach ziehen wir uns wieder zurück«, fuhr Corum fort. »Wir begeben uns auf dem schnellsten Wege nach Craig Dôn, wo wir einen zusätzlichen Vorrat an Waffen, Reittieren und Lebensmitteln deponiert haben. Von Craig Dôn aus können wir weitere Überraschungsschläge gegen die Fhoi Myore austeilen, denn wir wissen, daß sie die Steinkreise fürchten und nie betreten werden. Die einzige Gefahr für uns wäre, daß die Fhoi Myore noch genug Truppen haben, um uns in Craig Dôn zu belagern, bis wir keine Lebensmittel mehr haben.«

»Und darum müssen wir in Caer Llud hart und entschlossen zuschlagen. Wir müssen so viele von ihnen erschlagen wie möglich und uns gleichzeitig nicht verausgaben, unsere Stärke für die späteren Kämpfe aufheben«, erklärte Morkyan von den beiden Lächeln, während er sich über seinen Spitzbart strich. »Vor Caer Llud müssen wir auf alle Beweise des Mutes und alle Ruhmestaten verzichten.«

Seine Worte fanden nicht bei allen Versammelten Anklang.

»Der Krieg ist eine Kunst«, sagte Kernyn der Zerlumpte. Sein langes Gesicht schien dabei noch länger zu werden. »Wenn er auch eine schreckliche und unmoralische Kunst ist. Und die meisten von uns, die wir hier versammelt sind, fühlen sich als Künstler. Sie sind stolz auf ihre Art zu kämpfen, ihre Fähigkeiten, die sie zu berühmten Kriegern gemacht haben – aye, auf ihren Stil. Wenn wir keine Möglichkeit haben sollen, unsere Kunst auf unsere individuelle Art und Weise darzustellen, haben wir dann überhaupt das Recht zu kämpfen?«

»Die Kriegskunst der Mabden untereinander ist eine Sache«, widersprach Corum ruhig, »aber ein Krieg der Mabden gegen die Fhoi Myore ist eine andere. In den Schlachten, die wir heute abend besprechen, geht es um mehr als um den Stolz.«

»Ich verstehe Euch«, sagte Kernyn, der Zerlumpte, »aber ich bin mir nicht sicher, ob ich Euch zustimmen soll, Sir Sidhi.«

Sheonan, die Axtfrau, schüttelte Grynions Arm ab. »Es könnte sein, daß wir zuviel aufgeben, um unsere Leben zu retten«, sagte sie.

»Ihr habt uns gesagt, was Ihr an den Mabden bewundert.« Der Baumschwinger Phadrac wandte sich an Goffanon. »Doch jetzt besteht die Gefahr, daß wir alle Tugenden unseres Volkes verleugnen, nur um weiter existieren zu können.«

»Ihr müßt nichts von Euren Tugenden opfern«, erklärte ihm Goffanon. »Wir müssen nur etwas Klugheit zu Rate ziehen, wenn wir unseren Angriff gegen Caer Llud vortragen. Einer der Gründe, warum die Mabden bisher soviele Schlachten gegen die Fhoi Myore verloren haben, ist, daß die Mabden-Krieger als einzelne Individuen kämpfen, während die Fhoi Myore ihre Truppen einheitlich organisiert haben. Vor Caer Llud, und gerade dort, müssen wir uns ebenfalls dieser Taktik bedienen. Wir müssen Berittene für schnelle Angriffe benutzen und Schlachtwagen als bewegte Plattformen, von denen aus wir unsere Geschosse abfeuern. Es wäre sinnlos ruhig stehenzubleiben und gegen Rhannons schrecklichen Atem zu kämpfen.«

»Der Sidhi spricht weise«, stimmte Amergin zu. »Und ich bitte Euch alle, ihm gut zuzuhören. Deshalb haben wir uns nicht zuletzt heute abend alle hier versammelt. Ich sah Caer Llud fallen. Ich sah gute, tapfere Krieger fallen, bevor sie nur einen einzigen Streich gegen ihre Feinde führen konnten. In den alten Zeiten, in den Zeiten der Neun Schlachten, bekämpften die Sidhi die Fhoi Myore Mann gegen Mann; aber wir sind keine Sidhi. Wir sind Mabden. Aus diesem Grund müssen wir gemeinsam wie ein einziges Volk kämpfen.«

Der Baumschwinger lehnte sich zurück und nickte. »Wenn Amergin es verlangt, dann will ich so kämpfen, wie der Sidhi es vorschlägt. Das genügt mir«, sagte er.

Und die anderen erhoben ein zustimmendes Gemurmel.

Ilbrec griff unter seine Jacke und zog eine Pergamentrolle hervor. »Hier ist eine Karte von Caer Llud«, sagte er.

Er entrollte das Blatt und hielt es hoch, um es allen zu zeigen.

»Wir greifen gleichzeitig von vier Seiten an. Jede Streitmacht wird von ihrem König geführt. Dieser Teil der Mauer wird für den schwächsten gehalten. Also werden hier zwei Könige mit ihren Völkern angreifen. Im Idealfall können wir bis ins Zentrum der Stadt vorrücken und dort den entscheidenden Sieg über die überraschten Fhoi Myore und ihre Sklaven erringen. Aber viel wahrscheinlicher ist, daß wir gar nicht soweit kommen. Deshalb müssen wir soviel Schaden wie möglich anrichten, bevor wir zum Rückzug gezwungen werden, und gleichzeitig unsere Kräfte für den zweiten Kampf bei Craig Dôn schonen . . .« Und Ilbrec fuhr fort, die Einzelheiten des Planes zu erläutern.

Obwohl er selbst zu denen gehörte, die diesen Plan entworfen hatten, war Corum nicht sehr optimistisch, was ihre Erfolgsaussichten anging. Doch einen besseren Kriegsplan gab es nicht, und so würde es dabei bleiben. Corum schüttete sich Meet aus dem Krug neben seinem Ellbogen ein und reichte ihn dann an Goffanon weiter. Noch immer wünschte Corum, daß Goffanon Ilbrec erlaubt hätte, von den geheimnisvollen Verbündeten zu sprechen, die der Schmied für so gefährlich hielt.

Während er den Krug entgegennahm, sagt Goffanon leise: »Wir müssen bald von hier aufbrechen. Mitternacht rückt näher. Das Schwert wird fertig sein.«

»Es gibt hier auch nicht mehr viel zu besprechen«, stimmte Corum zu. »Laß mich wissen, wann du gehen willst, und ich werde uns entschuldigen.«

Ilbrec war jetzt dabei, einzelne Fragen der Anwesenden zu beantworten, die wissen wollten, wie eine bestimmte Mauer am besten zu durchbrechen sein würde, wie lange gewöhnliche Sterbliche im Nebel der Fhoi Myore überleben könnten, wie man sich am besten gegen diesen Nebel schützte, und was es sonst noch alles zu fragen gab.

*

Als er sah, daß er nichts mehr zum weiteren Gespräch beitragen konnte, erhob sich Corum und verabschiedege sich mit ausgesuchter Höflichkeit vom Hochkönig und den anderen Anwesenden. Dann schritt er zusammen mit Medheb, Goffanon und Hisak Sonnendieb aus der überfüllten Halle hinaus in die schmalen Straßen und an die kühle Nacht.

Der Himmel war fast so hell wie am Tag. Die gedrungenen Bauwerke der Festungsstadt zeichneten sich als schwarze Umrisse gegen ihn ab. Einige blasse, bläuliche Wolken zogen am Mond vorbei und segelten weiter zum Horizont Richtung Meer. Die drei Männer und die Frau verließen die Stadt durch das Haupttor und schritten über die Brücke, die den Graben überspannte. Sie umgingen das Lager und hielten auf die Bäume dahinter zu. Irgendwo schrie eine Eule. Große Schwingen rauschten, und ein junges Kaninchen quiekte. Insekten zirpten in dem hohen Gras, durch das die Gruppe wanderte, bis sie zum Waldrand kam.

Hier standen die Bäume noch nicht sehr dicht, und Corum konnte den Himmel über sich sehen. Er bemerkte, daß, wie bei seinem letzten Besuch in diesem Wald, wieder Vollmond war.

»Wir gehen jetzt zu dem Ort der Macht«, sagte Goffanon, »wo das Schwert auf uns wartet.«

Und Corum mußte feststellen, daß er zögernd stehengeblieben war, denn es widerstrebte ihm, den Hügel zu besuchen, wo er diesen seltsamen Mabden-Traum betreten hatte.

Hinter ihnen ertönte ein Geräusch. Corum wandte sich nervös um und sah zu seiner Erleichterung, daß es Jhary-a-Conel war, der ihnen mit seiner Katze auf der Schulter folgte.

Jhary grinste. »In der Halle wurde die Luft für Whiskers zu schlecht.« Er streichelte der Katze den Kopf. »Da dachte ich, ich könnte eigentlich mit euch gehen.«

Leichtes Mißtrauen flackerte kurz in Goffanons Augen auf, aber er nickte. »Ihr seid ein willkommener Zeuge für das, was heute nacht hier geschehen wird.«

Jhary bedankte sich mit einer Verbeugung.

Corum sagte: »Gibt es keinen anderen Platz, zu dem wir gehen können, Goffanon? Muß es Cremms Hügel sein?«

»Cremms Hügel ist die Stätte der Macht, die Caer Mahlod am nächsten liegt«, erklärte Goffanon einfach. »Die Reise zu anderen Orten, würde zu lange dauern.«

Corum blieb noch immer stehen. Er lauschte angespannt auf die Geräusche des nächtlichen Waldes. »Hört ihr das Spiel einer Harfe?« fragte er.

»Wir sind zu weit von der Halle entfernt, um die Musik noch hören zu können«, erwiderte Hisak Sonnendieb.

»Ihr hört keine Harfe hier im Wald?«

»Ich höre nichts«, stellte Goffanon fest.

»Dann höre ich auch nichts«, sagte Corum. »Ich dachte für einen Augenblick, es wäre die Dagdagh-Harfe. Die Harfe, die wir hörten, als wir die Eichfrau beschworen haben.«

»Der Ruf eines Nachttieres«, meinte Medheb.

»Ich fürchte diese Harfe«. Corums Stimme war ein fast unhörbares Flüstern.

»Dafür gibt es keinen Grund«, beruhigte Medheb ihn. »Die Dagdagh-Harfe ist weise und hilfreich. Sie ist unser Freund.«

Corum faßte nach ihrer warmen Hand. »Sie ist dein Freund, Medheb vom Langen Arm, aber nicht meiner. Die alte Seherin hat mir gesagt, daß ich eine Harfe fürchten soll, und das ist die Harfe, von der sie sprach.«

»Vergiß diese Prophezeiung. Die alte Frau war völlig verwirrt und von Sinnen. Es war keine wahre Prophezeiung.« Medheb trat dicht an Corum heran, und hielt seine Hand noch fester. »Von uns allen solltest gerade du am wenigsten abergläubisch sein, Corum.«

Corum riß sich zusammen und bemühte sich, seine Ängste so gut wie möglich zu verdrängen. Für einen kurzen Augenblick trafen sich seine Augen mit denen Jharys. Jhary wirkte besorgt. Er wandte sich schnell ab und rückte sich seinen breitkrempigen Hut zurecht.

»Wir müssen uns jetzt beeilen«, knurrte Goffanon. »Die Stunde ist nahe.«

Und Corum kämpfte seine Todesahnungen nieder und folgte dem Zwerg tiefer in den Wald.

IV

Das Schwertlied des Sidhi

Cremms Hügel war, wie Corum ihn schon früher gesehen hatte. Das weiße Licht des Mondes ergoß sich über ihn, und die Blätter der Eichen schimmerten wie dunkles Silber. Nichts rührte sich.

Corum betrachtete den Hügel und fragte sich, was darunter liegen mochte. Barg der Hügel wirklich die Gebeine von jenem, den man einmal Corum von der Silbernen Hand genannt hatte? Und konnten diese Gebeine in einer anderen Zeit seine eigenen gewesen sein? Im Augenblick genügte dieser Gedanke, um Corum zu verunsichern. Er sah Goffanon und Hisak Sonnendieb zu, die aus der Erde am Fuß des Hügels ein fertiges Schwert ausgruben. Es war ein schweres, wohl gehärtetes Schwert mit einem von gehämmerten Eisenbändern umwickelten Knauf. Die Klinge schien das Licht des Mondes anzuziehen und reflektierte es mit einem feurigen Glanz, der noch zuzunehmen schien.

Vorsichtig hielt Goffanon das Schwert in der Hand. Er hatte es oberhalb des Heftes gepackt, so daß seine Finger den eigentlichen Griff nicht berührten. Gemeinsam mit Hisak, der zufrieden nickte, untersuchte er es.

»Um diese Klinge stumpf werden zu lassen, muß viel geschehen«, sagte Goffanon. »Außer Ilbrecs Schwert Vergelter gibt es keine Klinge wie diese mehr auf der Welt.«

»Ist das Stahl?« Jhary-a-Conel trat näher und musterte das Schwert mit scharfem Blick. »Es schimmerte nicht wie Stahl.«

»Es ist eine Legierung«, erklärte Hisak stolz. »Zum Teil aus Stahl, zum Teil aus Sidhi-Metall.«

»Ich dachte, auf dieser Ebene gäbe es kein Sidhi-Metall mehr«, warf Medheb ein. »Ich dachte, alles wäre verschwunden bis auf das wenige in den Waffen von Ilbrec und Goffanon.«

»Es sind die Überreste eines Sidhi-Schwertes«, sagte Goffanon. »Hisak besaß sie. Als wir uns trafen, erzählte er mir, daß er sie schon seit vielen Jahren hatte, aber nicht wußte, wie damit umzugehen war. Er bekam sie von Bergleuten, die das alte Schwert gefunden hatten, als sie nach Eisen-Erzen gruben. Es muß tief vergraben gewesen sein. Ich erkannte es als eines der hundert Schwerter, die ich für die Sidhi schmiedete. Nur ein Teil der Klinge war noch erhalten. Wir werden niemals erfahren, welche Umstände dazu geführt haben, daß es so tief vergraben wurde. Zusammen fanden Hisak und ich einen Weg, das Sidhi-Metall mit dem Metall der Mabden zu mischen und so ein

Schwert zu schmieden, das die Vorzüge von beiden Erzen in sich vereinigt.«

Hisak Sonnendieb zog die Augenbrauen zusammen. »Und soweit ich verstanden habe, besitzt dieses Schwert noch einige besondere Eigenschaften darüber hinaus.«

»Möglich«, entgegnete Goffanon. »Zur rechten Zeit werden wir mehr darüber erfahren.«

»Es ist ein großartiges Schwert«, urteilte Jhary und griff danach. »Darf ich es einmal in die Hand nehmen?«

Aber Goffanon zog es schnell aus seiner Reichweite. Die Bewegung wirkte nervös, fast erschreckt. Der Schmied schüttelte den Kopf.

»Nur Corum«, sagte er. »Nur Corum!«

»Dann . . .« Corum wollte das Schwert entgegennehmen, doch Goffanon hob die Hand.

»Noch nicht«, hielt ihn der Zwerg zurück. »Ich muß erst das Lied singen.«

»Das Lied?« Medheb sah ihn neugierig an.

»Mein Schwertlied. Bei Gelegenheiten wie dieser wurde immer ein Lied gesungen.« Goffanon hob das Schwert gegen den Mond, und für einen kurzen Moment schien es zu einem lebenden, vibrierenden Wesen zu werden. Doch der Eindruck verschwand sofort wieder, und zurück blieb ein fest umrissenes schwarzes Kreuz, das sich deutlich gegen die große Scheibe des Mondes abzeichnete. »Jedes Schwert, daß ich schmiede, ist anders. Jedes muß ein anderes Lied haben. So erhält es seine unverwechselbare Identität. Aber ich werde dieser Klinge keinen Namen geben. Diese Aufgabe muß Corum übernehmen. Er muß dem Schwert den Namen geben, der zu ihm paßt und der einzig richtige ist. Erst wenn es seinen Namen erhalten hat, wird das Schwert seine wahre Bestimmung erfüllen.«

»Und was ist diese Bestimmung?« fragte Corum.

Goffanon lächelte. »Ich weiß es nicht. Nur das Schwert wird es wissen.«

»Ich hielt Euch für über solchen Aberglauben erhaben, Sir Sidhi.« Jhary-a-Conel kraulte seiner Katze bei diesen Worten den Nacken.

»Das ist kein Aberglaube. Es hängt mit den Fähigkeiten zusammen, in Zeiten, wie dieser heute, in andere Ebenen zu blikken, in andere Zeitalter, in Zukunft und Vergangenheit. Was geschehen wird, wird geschehen. Nichts, was wir hier tun, kann daran etwas ändern. Aber wir werden ein *Gefühl* für das bekommen, was uns erwartet, und diese Ahnung kann von Vorteil für uns sein. Ich muß mein Lied singen, das ist alles, was ich weiß.« Goffanon blickte abwehrend um sich. Dann entspannte er sich und wandte sein Gesicht dem Mond zu. »Ihr müßt zuhören und still sein, während ich singe.«

»Und was wollt Ihr singen?« wollte Medheb wissen.

»Bis jetzt«, murmelte Goffanon, »weiß ich das selbst nicht. Mein Herz wird es mir sagen.«

Danach zogen die anderen sich instinktiv in den Schatten der Bäume zurück, während Goffanon zur Kuppe von Cremms Hügel hinaufstieg, das Schwert mit beiden Händen um die Klinge gepackt und gegen den Mond gehoben. Auf der Spitze des Hügels blieb er stehen.

Für einen langen Augenblick stand Goffanon lautlos und unbeweglich. Seine schwere Brust hob und senkte sich schnell, und seine Augen waren fest geschlossen. Dann bewegte er sich langsam. Er deutete mit dem Schwert auf acht verschiedene Punkte, bevor er es wieder in seine ursprüngliche Position hob.

Und dann begann er zu singen. Er sang in der wunderbaren, wohltönenden Sprache der Sidhi, die so sehr der Vadhagh-Sprache glich, und die Corum leicht verstehen konnte. Und dies sang Goffanon:

Lo! Ich habe die großen Schwerter geschmiedet
Für ein Hundert tapfere Sidhi-Krieger.
Neun und neunzig sind in der Schlacht geborsten.
Nur eines kehrte zurück zu mir.

Einige verrotten in der Erde; einige im Eis;
Einige in Bäumen; einige unter der See;
Einige schmolz das Feuer oder fraß der Rost.
Nur eines kehrte zurück zu mir.

Eine Klinge, alle gebrochen, geborsten,
Eine, geschmiedet aus Sidhi-Erz,
Nicht genug für ein Schwert, ein neues,
So Eisen ward hinzugefügt.

Sidhi-Macht und Mabden-Macht
Vereinigt in Goffanons Klinge.
Sein Geschenk an Corum.
Doch Schwäche auch birgt dies Messer des Krieges.

Jetzt verschob Goffanon seinen Griff um das Schwert leicht und hob es noch etwas höher. Er schwankte, wie jemand in Trance, bevor er fortfuhr:

Geschmiedet im Feuer, gehärtet im Frost,
Macht von der Sonne, Weisheit vom Mond,
Fein doch nicht fehllos
In seinem Schicksal gefangen.

Oh! Wie sie es hassen werden,
Die Geister von Morgen!
Jetzt schon spüren sie seinen Durst,
Des Schwertes Durst nach ihrem Blut.

Es schien so, als balanciere Goffanon das Schwert mit der Spitze auf seiner Hand, ja als stünde es aus eigener Kraft aufrecht.

Und Corum erinnerte sich an einen Traum, und er schauderte. Wann hatte er schon einmal ein solches Schwert geführt?

Die Namensgebung ist gekommen bald,
Auf daß der Feind erbebet!
Hier ist eine schöne Nadel geschaffen,
Zur Ader zu lassen die Fhoi Myore!

Schwert! Goffanon schuf dich!
Nun gehst du zu Corum!
Würmer und Aasfresser sind es,
Die ›Freund‹ dich nennen!

Hart wird sein die Schlacht,
Bevor die Macht des Winters weicht,
Reiche, rote Ernte wartet
Auf die Sidhi Sichel.

Dann kommt die Zeit des Namens;
Dann kommt die Zeit des Zahlens.
Sidhi und Vadhagh, beide müssen
Bringen den Preis.

Jetzt hatte ein furchtsames Zittern Goffanons breite Schultern ergriffen, und das Schwerte drohte fast aus seiner Hand zu fallen.

Corum wunderte sich, weil die anderen nichts von Goffanons Stöhnen wahrzunehmen schienen. Er sah in ihre Gesichter. Sie waren völlig in Trance versunken, überwältigt, jenseits jeder bewußten Wahrnehmung.

Goffanon zögerte, faßte sich wieder und sang weiter:

Namenlose Klinge, Corums Schwert nenne ich dich!
Hisak und Goffanon beanspruchen dich nicht!
Schwarze Winde schrein im Limbus!
Schwarze Flüsse harr'n meiner Seel'!

Diese letzten Worte schrie Goffanon. Er schien entsetzt von dem zu sein, was er mit seinen geschlossenen Augen sah, aber sein Schwertlied erschallte weiter von seinen bärtigen Lippen.

Hatte Corum dieses Schwert jemals gesehen? Nein. Aber da war ein anderes wie dieses gewesen. Dieses Schwert würde eine furchtbare Waffen gegen die Fhoi Myore sein, wußte er. Aber war es wirklich ein Freund? Warum begann er in ihm einen Feind zu sehen?

Dies war eines Schicksals Schmieden,
Aber nun da dies getan,
Die Klinge wie das Schicksal in ihr,
Nicht mehr gebrochen werden kann.

Corum konnte nur noch das Schwert sehen. Er merkte, daß er sich auf das Schwert zu bewegte, den Hügel hinaufstieg. Es war, als sei Goffanon verschwunden, und das Schwert hinge in der Luft. Und es brannte in einem Feuer, das einmal weiß war wie der Mond und einmal rot wie die Sonne.

Corum griff mit seiner silbernen Hand nach dem Griff, aber das Schwert schien vor dem Griff zurückzuweichen. Erst als Corum ihm die Hand aus Fleisch und Blut entgegenstreckte, erlaubte es ihm, näher zu kommen.

Corum hörte Goffanons Lied. Das Lied hatte als stolzer Gesang begonnen; nun war es eine melancholische Totenklage. Und wurde diese Totenklage nicht in der Ferne vom Saitenspiel einer Harfe begleitet?

Hier ist ein passend Schwert,
Halb sterblich, halb unsterblich,
Für den Vadhagh Helden.
Hier ist Corums Schwert.

Keine Gnade in der Klinge, die ich schuf,
Geschmiedet wurde sie für mehr als Krieg;
Sie wird mehr töten als Fleisch und Blut;
Für mehr als Sterben und weniger als Tod ist sie gut.

Flieg, Klinge! Schnell in Corums Hand!
Vergiß wer dich schuf!
Nur den Mabden Feinden bring den Tod!
Lerne Treue, nicht Verrat!

Plötzlich war die Klinge in Corums linker Hand, und es war, als habe er dieses Schwert schon sein ganzes Leben lang gekannt. Es paßte genau in seine Faust und war großartig ausbalanciert. Er drehte die Klinge im Licht des Mondes und bewunderte ihre Schärfe und ihre Ausgewogenheit.

»Es ist mein Schwert«, sagte er. Er fühlte, daß er wieder mit etwas vereinigt war, daß er vor langer Zeit verloren und vergessen hatte.

»Es ist mein Schwert.«

Diene wohl dem Ritter, der dich kennet!

Abrupt brach Goffanons Lied ab. Die Augen des großen Zwerges öffenten sich. In ihnen lag ein Ausdruck von qualvoller Schuld, Mitgefühl für Corum und Triumph.

Dann wandte sich Goffanon dem Mond zu.

Corum folgte Goffanons Blick, und seine Augen wurden von der großen silbernen Scheibe eingefangen, die den ganzen Himmel auszufüllen schien. Corum fühlte sich, als würde er auf diesen Mond zugezogen. Er sah Gesichter in ihm, Szenen von kämpfenden Heeren, verwüsteten Ländereien, Ruinenstädten und verbrannten Feldern. Er sah sich selbst, auch wenn er ein anderes Gesicht hatte. Er sah ein Schwert nicht unähnlich dem, das er jetzt in der Hand hielt. Aber das andere Schwert war schwarz, während dieses hier weiß war. Er sah Jhary-a-Conel. Er sah Medheb. Er sah Rhalina, und er sah andere Frauen. Und er liebte sie alle, aber allein Medheb machte ihm gleichzeitig Angst. Dann erschien die Dagdagh-Harfe und veränderte sich zur Gestalt eines Jünglings, dessen Körper in einer seltsamen goldenen Farbe schimmerte, und der auf eigenartige Weise selbst die Harfe war, die er spielte. Dann sah er ein großes fahles Pferd, und er wußte, daß dieses Pferd sein Pferd war, aber er wollte nicht wissen, wohin ihn dieses Pferd trug.

Dann sah Corum eine schneebedeckte Ebene, und über diese Ebene kam ein einzelner Reiter geritten, dessen Mantel scharlachrot leuchtete, und dessen Rüstung und Waffen die eines Vadhagh waren, und dessen eine Hand silbern schimmerte, und dessen Augenklappe kunstvolle Stickereien zierten und dessen Gestalt die eines Vadhagh war, die Corums. Und Corum wußte, daß dieser Reiter nicht er selbst war, und er stöhnte vor Entsetzen auf und bemühte sich wegzusehen, als der Reiter näher und näher kam. Ein Ausdruck spöttischer Verachtung lag auf dem Gesicht des Reiters, und in seinem einzigen Auge stand der unausgesprochene Vorsatz, Corum zu töten und seinen Platz einzunehmen.

»Nein!« schrie Corum.

Wolken verdeckten den Mond, und das Licht wurde dunkler,

und Corum stand auf Cremms Hügel im Eichenhain, dem Ort der Macht, mit einem Schwert in der Hand, das anders war als alle anderen Schwerter, die bis zu diesem Tag geschmiedet worden waren; und Corum blickte den Hügel hinab und sah, daß Goffanon nun zusammenstand mit Hisak Sonnendieb und Jhary-a-Conel und der rothaarigen Medheb, Medheb vom Langen Arm, und alle vier blickten zu Corum hinauf, als würden sie ihm helfen wollen, könnten aber nicht.

Corum wußte nicht, warum er ihnen auf diese Weise antwortete, als er jetzt das Schwert hoch über seinen Kopf hob und mit ruhiger, fester Stimme zu ihnen sagte:

»Ich bin Corum. Dies ist mein Schwert. Ich bin allein.«

Dann stiegen die vier den Hügel hinauf, und sie nahmen Corum in ihrer Mitte mit zurück nach Caer Mahlod, wo viele noch feierten, ohne bemerkt zu haben, was in dem Eichenhain geschehen war, als der Mond in seiner größten Fülle gestanden hatte.

V

Ein Trupp Reiter

Corum schlief bis tief in den folgenden Morgen, aber es war kein traumloser Schlaf. Stimmen sprachen zu ihm von treulosen Helden und edelen Verrätern. Er hatte Visionen von Schwertern; von dem, das er während der Zeremonie im Eichenhain erhalten hatte, und von anderen Schwertern, besonders einem bestimmten Schwert mit einer schwarzen Klinge, das wie die Dagdagh-Harfe eine eigene komplexe Persönlichkeit zu haben schien, als wohne in ihm der Geist eines mächtigen Dämons. Und zwischen den Stimmen und den Visionen hörte er, wie diese Worte immer wieder gesprochen wurden:

»Du bist der Held. Du bist der Held.«

Und manchmal erklärte ihm ein Chor von Stimmen:

»Du mußt den Weg des Helden gehen.«

Und was war, fragte er sich, wenn dieser Weg nicht der Weg der Mabden war, denen zu helfen er geschworen hatte?

Und der Chor wiederholte:

»Du mußt den Weg des Helden gehen.«

Und schließlich wachte Corum auf und sagte laut:

»Ich finde keinen Gefallen an diesem Traum.«

Er meinte den Traum, in dem er gerade erwacht war.

Medheb stand angezogen, frisch und unternehmungslustig neben seinem Bett. »Was für ein Traum ist das, mein Liebster?«

Er zuckte die Achseln und versuchte zu lächeln. »Nichts. Die Ereignisse der letzten Nacht haben mich verwirrt, nehme ich an.« Er sah in ihre Augen, und er fühlte, wie sich eine schwache Furcht in seinen Geist schlich. Er griff nach ihren weichen Händen, ihren starken, kühlen Händen. »Liebst du mich wirklich, Medheb?«

Sie war verunsichert. »Das tue ich«, sagte sie.

Er sah an ihr vorbei zu der geschnitzten Truhe, auf der das Schwert lag, das Goffanon ihm gegeben hatte. »Welchen Namen soll ich dem Schwert geben?«

Sie lächelte. »Du wirst es wissen. Ist es nicht das, was Goffanon dir gesagt hat? Du wirst wissen, wie du es zu nennen hast, wenn die Zeit dafür gekommen ist, und dann wird das Schwert seine ganze Macht entfalten.«

Er setzte sich auf. Die Decke glitt von seiner breiten, nackten Brust.

Medheb ging zur Türe und gab jemand im nächsten Raum ein Zeichen. »Prinz Corums Bad. Ist es fertig?«

»Es ist bereit, Herrin.«

»Komm, Corum«, sagte Medheb. »Wasch deine bösen Träume fort. In zwei Tagen sind wir zum Aufbruch nach Caer Llud bereit. Es gibt für dich bis dahin nicht mehr viel zu tun. Laß uns diese zwei Tage so schön wie möglich verbringen. Laß uns heute morgen ausreiten – hinter die Wälder und über die Moore!«

Er holte tief Atem. »Aye«, antwortete er schließlich lächelnd. »Ich bin ein Narr über düsteren Gedanken zu brüten. Wenn mein Schicksal feststeht, dann steht es eben fest.«

*

Amergin traf sie, als sie eine Stunde später ihre Pferde bestiegen. Amergin war groß, schlank und jugendlich, aber er besaß die Würde eines Mannes, der viel älter war, als er aussah. Er trug die blau-goldene Robe des Erzdruiden, und sein Haupt krönte ein einfacher Eisenreif, mit ungeschliffenen Steinen besetzt.

»Seid gegrüßt«, sagte der Hochkönig. »Ist letzte Nacht alles verlaufen, wie Ihr es gewünscht habt, Prinz Corum?«

»Ich denke, schon«, erwiderte Corum. »Goffanon schien zufrieden zu sein.«

»Aber Ihr tragt das Schwert nicht, das er Euch gab?«

»Es ist kein Schwert, denke ich, das man bei jeder Gelegenheit trägt.« Corum trug sein altes, gutes Schwert an seiner Seite. »Ich werde es aber auf jeden Fall tragen, wenn wir gegen die Fhoi Myore ziehen.«

Amergin nickte. Nachdenklich senkte er seinen Blick auf das Pflaster des Hofes. »Goffanon hat Euch nichts weiter über diese Verbündeten erzählt, von denen Ilbrec sprach?«

»Soweit ich verstanden habe«, erwiderte Medheb, »sieht Goffanon in ihnen, wer immer sie auch sein mögen, alles andere als mögliche Verbündete.«

»So ist es«, bestätigte Amergin. »Trotzdem scheint es mir wert, fast jedes Risiko einzugehen, wenn wir damit unsere Chancen die Fhoi Myore zu besiegen, vergrößern können.«

Corum war überrascht von dem, was er glaubte, hinter Amergins Worten zu sehen. »Glaubt Ihr denn, wir werden keinen Erfolg haben?«

»Der Angriff auf Caer Llud wird einen hohen Blutzoll fordern«, antwortete Amergin ruhig. »Ich habe in der letzten Nacht über unseren Plan meditiert. Ich glaube, eine Vision gehabt zu haben.«

»Von einer Niederlage?«

»Es war keine Vision eines Sieges. Ihr kennt Caer Llud, wie ich es kenne, Corum. Ihr wißt von der grauenvollen Kälte, die jetzt dort herrscht. Es ist eine Kälte, die Männer leicht auf eine Art angreift, die ihnen gar nicht bewußt wird.«

»Das ist wahr.« Corum nickte.

»Das ist alles, was ich dachte«, schloß Amergin. »Ein einfacher Gedanke. Etwas Genaueres kann ich dazu nicht sagen.«

»Das braucht Ihr auch nicht, Hochkönig. Aber ich fürchte, es gibt keine bessere Möglichkeit, den Krieg gegen unsere Feinde zu führen. Wenn es . . .«

»Wir würden alle davon wissen.« Amergin zuckte mit den Schultern und tätschelte Corums Pferd den Nacken. »Aber wenn Ihr noch einmal die Gelegenheit bekommt, dieses Thema bei Goffanon anzuschneiden, dann bittet ihn, uns doch wenigstens etwas über die Natur dieser möglichen Verbündeten anzudeuten.«

»Ich verspreche Euch, es zu versuchen, Amergin, aber ich glaube nicht, daß es irgendwelchen Zweck haben wird.«

»Nein«, sagte der Erzdruide, und seine Hand glitt vom Nakken des Pferdes. »Das glaube ich auch nicht.«

Corum und Medheb galoppierten aus der Festungsstadt und ließen einen nachdenklichen Erzdruiden hinter sich zurück. Sie ritten durch die Eichenwälder und über das Hochmoor, wo Brachvögel über ihren Köpfen kreisten und die Luft vom Geruch des Ginsters und des Heidekrauts erfüllt war. Und es schien, als könne keine Macht des Universums der einfachen Schönheit dieser Landschaft etwas anhaben. Die Sonne schien warm aus einem blauen Himmel. Es war ein herrlicher Tag. Bald waren sie besserer Stimmung als jemals zuvor, und sie stiegen von ihren Pferden und wanderten durch das kniehohe Heidekraut. Dann lagen sie nebeneinander auf der Heide, so daß sie nur noch den Himmel über sich sehen konnten und das kühle, erholsame Grün des Farns um sie herum. Und sie nahmen sich in die Arme und hielten sich fest und liebten sich zärtlich. Danach lagen sie schweigend dicht beieinander, atmeten die gute Luft und lauschten auf das leise Rascheln und Rauschen des Moores.

Eine Stunde des Friedens war ihnen gestattet, bevor Corum ein fernes Dröhnen in der Erde unter ihnen spürte. Er wußte, was das bedeutete, und legte sein Ohr gegen den Boden.

»Pferde«, sagte er. »Sie kommen näher.«

»Fhoi Myore-Reiter?« Medheb setzte sich auf und griff nach ihrer Schleuder, die sie überall mit hinnahm.

»Vielleicht. Gaynor oder die Brüder der Kiefern, oder beide? Aber wir haben überall Posten aufgestellt. Reiter sind unterwegs, den Feind zu beobachten, und wir wissen, daß die Fhoi Myore zur Zeit im Osten ihre Streitmacht sammeln. Wir hätten vor jedem Angriff gewarnt werden müssen.«

Vorsichtig hob er den Kopf. Die Reiter kamen von Nordwesten, also in etwa aus Richtung der Küste. Corums Blick wurde von einem Hügelkamm versperrt, aber jetzt wurde von dahinter fernes Gerassel von Zaumzeug laut. Ein Blick nach ihren eigenen Pferden überzeugte Corum, daß sie hier sofort von jedem entdeckt werden würden, der sich über den Hügel näherte. Er zog sein Schwert und rannte zu den Pferden. Medheb folgte ihm.

Schnell schwangen sie sich in die Sättel und ritten auf den Hügel zu, aber in einem Winkel, der sie für kurze Zeit aus dem Blickfeld der Fremden bringen würde. So hofften sie jedenfalls. Ein Findling bot ihnen etwas Deckung. Hinter ihm zügelten sie ihre Pferde und warteten darauf, daß die fremden Reiter in Sicht kamen.

Kurz darauf erschienen die ersten drei. Sie ritten kleine, zottige Ponys, die durch die Größe ihrer breitschulterigen Reiter noch kleiner wirkten. Die Reiter waren Männer mit schimmerndem, hellroten Haar und scharfen, blauen Augen. Bart und Haare waren zu kleinen Zöpfen geflochten, in denen Schmuckperlen glitzerten. An ihre linken Arme gebunden waren ovale Schilde, die aus lederbespanntem Weidengeflecht zu bestehen schienen, das mit Streifen und Bändern aus kunstvoll gehämmerter Bronze verstärkt wurde. Auf der Innenseite schienen die Schilde Halterungen zu haben, in denen jeweils zwei bronzebeschwerte Speere mit eisernen Spitzen steckten. An ihren Hüften trugen die Männer kurze, breitklingige Schwerter, deren Griffe aus Lederscheiden ragten. Einige der Männer trugen ihre Helme, andere hatten sie am Sattelknauf befestigt. Die Helme waren mit eisernen oder bronzenen Reifen verstärkte Lederkappen, geschmückt von den langen, geschwungenen Hörnern des Bergochsen. Bei einigen Helmen war das eigentliche Horn unter den aufgesetzten Ornamenten aus Eisenstücken, Bronze oder Gold kaum noch zu erkennen. Um ihre Schultern geschlungen waren Mäntel aus schwerem Tuch in Rot, Blau oder Grün. Sie trugen Kilts aus Tuch oder Leder, und ihre Beine darunter waren nackt. Nur wenige besaßen eine Art Schuhwerk. Die meisten hatten einfache Sandalen um die Fersen gebunden.

Ohne Zweifel waren sie alle Krieger, aber Corum hatte noch nie solche Männer gesehen, wenn sie auch in manchem den Tir-nam-Beo glichen, und ihre Ponys Corum an die Tiere erinnerte, die seine alten Feinde aus den Wäldern nahe dem Mordelsberg ritten. Nach und nach kamen die Reiter über den Hügelkamm. Es mußten etwa zwanzig sein. Und als sie näher heran ritten, war nicht mehr zu übersehen, daß eine harte Zeit hinter ihnen liegen mußte. Einige hatten gebrochene Glieder, andere trugen Verbände über schweren Wunden, und zwei der Männer waren an ihre Sättel gebunden, damit sie nicht von ihren Tieren stürzten.

»Ich glaube nicht, daß sie eine Bedrohung für Caer Mahlod darstellen«, meinte Medheb. »Sie sind Mabden. Aber was für Mabden? Ich dachte, alle Krieger wären längst zusammengerufen worden.«

»Sie müssen eine weite Reise hinter sich haben, so wie sie aussehen – eine harte und gefährliche Reise«, murmelte Corum. »Eine Reise, die sie über das Meer geführt haben muß. Ihre Mäntel tragen die deutlichen Spuren von Salzwasser. Vielleicht sind sie hier in der Nähe mit einem Boot gelandet. Komm, wir wollen sie begrüßen.« Er trieb sein Pferd hinter ihrer Deckung hervor und rief den Neuankömmlingen entgegen:

»Seid uns gegrüßt, Fremdlinge! Wohin führt Euch Euer Weg?«

Der stämmige Krieger an der Spitze der Schar zügelte sein Pony überrascht. Er zog seine roten Augenbrauen mißtrauisch hoch. Seine breite, narbige Hand fuhr zum Schwertgriff, und als er antwortete, klang seine Rede rauh und ungeschliffen.

»Ich entbiete Euch ebenfalls meinen Gruß«, sagte er, »wenn Ihr uns nichts Böses wollt. Und wohin wir unterwegs sind – nun, das ist unsere Sache.«

»Es ist auch die Sache derer, durch deren Land Ihr hier reitet«, erwiderte Corum unbeeindruckt.

»Das mag sein«, antwortete der Krieger. »Aber wenn dies hier kein Mabden-Land ist, dann müßt Ihr es erobert haben, und wenn Ihr es erobert habt, dann seid Ihr unser Feind, und wir müssen Euch erschlagen. Wir sehen, daß Ihr kein Mabde sein könnt.«

»Das ist wahr. Aber ich diene der Sache der Mabden. Und diese Lady an meiner Seite, sie ist eine Mabden.«

»Sie ähnelt wohl einer Mabden«, entgegnete der Krieger, ohne sein Mißtrauen aufzugeben, »aber wir haben auf unserer Reise hierher so viele Trugbilder gesehen, daß wir uns nicht mehr leicht durch die äußere Erscheinung eines Wesens täuschen lassen.«

»Ich bin Medheb«, meldete sich Medheb aufgebracht und zornig zu Wort. »Ich bin Medheb vom Langen Arm, berühmt als Kriegerin unter den Mabden. Und ich bin die Tochter König Mannachs, der von Caer Mahlod über dieses Land herrscht.«

Der Krieger entspannte sich etwas, behielt aber seine Hand am Schwertgriff, und die anderen schwärmten aus, als bereiteten sie sich auf einen Angriff auf Corum und Medheb vor.

»Und ich bin Corum«, sagte Corum, »der einmal der Prinz im scharlachroten Mantel genannt wurde. Aber diesen Mantel mußte ich einem Zauberer geben, und nun nennt man mich Corum von der Silbernen Hand.« Er hob seine metallene Hand, die er bis jetzt so gehalten hatte, daß sie den Blicken der Fremden verborgen war. »Habt Ihr nicht von mir gehört? Ich kämpfe für die Mabden gegen die Fhoi Myore.«

»Das ist er!« Einer der jüngeren Krieger hinter dem Anführer schrie und deutete auf Corum. »Der scharlachrote Mantel – er trägt ihn diesmal nicht – aber die Gestalt ist dieselbe – die Augenklappe ist dieselbe. Das ist er!«

»So seid Ihr uns also doch gefolgt, Sir Dämon«, erklärte der Anführer der Krieger. Er seufzte, wandte sich im Sattel um und sah zu seinen Männern hinter ihm. »Mehr von uns sind nicht übrig geblieben, aber vielleicht sind wir noch genug, Euch und Euer Dämonen-Weib zu erschlagen.«

»Er ist genausowenig ein Dämon, wie ich einer bin«, schrie Medheb wütend. »Warum haltet Ihr uns für Feinde? Wo habt Ihr uns schon einmal gesehen?«

»Euch haben wir noch nicht gesehen«, antwortete der Anführer. Er beruhigte sein nervös tänzelndes Pony mit einigen Zügelbewegungen. Sein Kettenhemd rasselte, und sein metallener Steigbügel schlug gegen die Unterkante seines langen Schildes. »Nur diesen da haben wir schon getroffen.« Er nickte in Corums Richtung. »Auf jener widerwärtigen und zauberischen Insel dort.«

Mit einer heftigen Kopfbewegung deutete er zum Meer.

»Die Insel, wo wir acht gute Langschiffe an den Strand zogen und zehn Lastboote mit Proviant und unserem Besitz. Wir landeten um Fleisch und Frischwasser aufzunehmen. Ihr werdet Euch erinnern«, fuhr er fort und starrte Corum dabei haßerfüllt an, »daß wir mit nur einem Schiff von dort entkamen, ohne unsere Frauen, ohne unsere Kinder und all unseren Besitz bis auf die Ponys.«

»Ich versichere Euch«, sagte Corum fest, »daß Ihr mich bis zu diesem Augenblick nirgendwo gesehen haben könnt. Ich bin Corum. Ich kämpfe gegen die Fhoi Myore. Die letzten Wochen habe ich auf Caer Mahlod verbracht. Ich habe die Festung oder ihre unmittelbare Umgebung während dieser Zeit nicht verlassen. Dies ist der erste Ausritt, der mich aus der unmittelbaren Umgebung der Stadt geführt hat, seit einem Monat!«

»Ihr seid derjenige, der sich uns auf der Insel entgegengestellt hat«, beharrte der Jüngling, der Corum als erster angeklagt hatte. »In Eurem roten Mantel, mit Eurem Helm aus falschem Silber und Eurem Gesicht, bleich wie das eines Toten, mit Eurer Augenklappe und Eurem Lachen . . .«

»Ein Shefanhow«, sagte der Anführer. »Wir kennen Euch!«

»Es ist viele Lebensalter her, seit ich dieses Wort zum letztenmal von jemandem hörte«, erwiderte Corum düster. »Ihr steht dicht davor, mich zornig zu machen, Fremdling. Ich spreche die Wahrheit. Ihr müßt an einen Feind geraten sein, der mir auf irgendeine Weise ähnlich sieht.«

»Aye!« rief der Jüngling bitter. »Er sah Euch so ähnlich wie ein Zwillingsbruder! Wir fürchteten, daß Ihr uns folgen würdet. Aber wir sind bereit, uns gegen Euch zu wehren. Wo habt Ihr

Eure Männer versteckt?« Er blickte wild um sich, so daß seine Zöpfe um seinen Kopf flogen.

»Ich habe keine Männer bei mir«, antwortete Corum ungeduldig.

Der Anführer lachte rauh. »Dann seid Ihr ein Narr!«

»Ich will nicht gegen Euch kämpfen«, erklärte Corum ihm. »Warum seid Ihr hierher gekommen?«

»Um uns denen anzuschließen, die sich vor Caer Mahlod sammeln.«

»Es ist, wie ich mir gedacht habe.« Alle dunklen Vorahnungen Corums waren zurückgekehrt, und er konnte sich nur mühsam beherrschen. »Wenn wir Euch unsere Waffen geben und Euch nach Caer Mahlod führen, werdet Ihr uns dann glauben, daß wir nichts Böses gegen Euch im Schilde führen? Auf Caer Mahlod werdet Ihr erfahren, daß wir Euch die Wahrheit erzählt haben, daß wir Euch niemals zuvor gesehen haben, und daß wir nicht Eure Feinde sind!«

Der Jüngling rief mit lauter Stimme: »Das kann eine List sein, um uns in die Falle zu locken.«

»Reitet mit Euren Schwertern an unseren Kehlen, wenn Euch das beruhigt«, erwiderte Corum gleichgültig. »Wenn Ihr angegriffen werdet, könnt Ihr uns sofort töten.«

Der Anführer runzelte die Stirn. »Ihr habt nichts von der Art jenes anderen, den wir auf dieser verfluchten Insel trafen«, sagte er. »Und wenn Ihr uns nach Caer Mahlod führt, erreichen wir unser Ziel und haben so wenigstens etwas von diesem Zusammentreffen.«

»Artek!« rief der Jüngling. »Sei auf der Hut!«

Der Anführer drehte sich zu ihm um. »Schweig, Kawanh. Wir können den Shefanhow ja immer noch erschlagen.«

»Ich würde Euch bei aller Höflichkeit bitten«, sagte Corum mit Entschiedenheit, »nicht mehr diesen Ausdruck zu gebrauchen, wenn Ihr von mir redet. Es ist kein Ausdruck, den ich mag, und er weckt keine guten Gefühle für Euch in mir.«

Artek setzte zu einer Erwiderung an. Ein hartes Lächeln zeigte sich kurz auf seinen Lippen. Dann sah er den Blick aus Corums einzigem Auge und verzichtete darauf, etwas zu sagen. Er knurrte einen Befehl zu zwei seiner Männer, die zu Corum und Medheb ritten. »Nehmt ihnen die Waffen ab. Richtet eure Schwerter auf sie, während wir weiterreiten. Und nun – Corum – führt uns nach Caer Mahlod!«

*

Corum empfand einiges Vergnügen beim Anblick der erschreckten Gesichter der Fremden, als sie durch das Lager ritten. Im Gesicht jedes Mabden, den sie trafen, stand der Zorn darüber zu lesen, daß Corum und Medheb offensichtlich Gefangene der Fremden waren. Nun war es an Corum zu lächeln, und sein Lächeln wurde immer breiter, während sich um die Neuankömmlinge eine Schar aufgebrachter Mabden-Krieger sammelte, die schließlich so dicht wurde, daß Artek mit seinen Gefangenen nicht weiter reiten konnte. Mitten im Lager, noch ein gutes Stück von Car Mahlod entfernt, wurden sie zum Halt gezwungen. Ein Kriegshäuptling der Tir-nam-Beo starrte Artek an, der noch immer sein Schwert gegen Corums Brust preßte.

»Was soll das heißen, Mann? Warum haltet Ihr unsere Prinzessin als Geisel? Warum bedroht Ihr das Leben unseres Freundes Prinz Corum?«

Arteks Überraschung war so stark, daß sein Gesicht röter wurde als sein Bart. »So habt Ihr die Wahrheit gesprochen . . .«, murmelte er. Aber er senkte sein Schwert nicht. »Außer dies alles hier ist nichts als ein schreckliches Trugbild, und wir sind von Eurer Dämonengefolgschaft umringt.«

Corum zuckte die Achseln. »Wenn das alles Dämonen sind, Sir Artek, dann seid Ihr in jedem Fall verloren, oder nicht?«

Mit einem elenden Gesichtsausdruck schob Artek sein Schwert in die Scheide. »Ihr habt recht. Ich muß Euch glauben. Aber Eure Ähnlichkeit mit dem, der uns auf dieser grausamen und verhaßten Insel überfiel, ist so groß . . . Ihr würdet mich sofort verstehen, wenn Ihr ihn gesehen hättet, Prinz Corum.«

Corum antwortete so, daß nur Artek seine Worte hören konnte. »Ich glaube, ich habe ihn gesehen – in einem Traum. Später müssen wir uns noch einmal darüber unterhalten, Sir Artek, nur

Ihr und ich, denn ich vermute, daß das Böse, was Euch angefallen hat, bald auch gegen mich losschlagen wird. Und die Folgen davon können noch schlimmer sein.«

Artek warf ihm einen fragenden Blick zu, respektierte aber den vertraulichen Ton und sagte nichts mehr zu der Angelegenheit.

»Ihr müßt Euch ausruhen, und Ihr müßt essen«, rief Corum. Er stellte fest, daß er diesen Barbaren mochte, obwohl sie unter so widrigen Umständen zusammengetroffen waren. »Dann müßt Ihr uns in der großen Halle von Caer Mahlod Eure Geschichte erzählen.«

Artek verbeugte sich. »Ihr seid sehr großzügig, Prinz Corum, und Ihr seid sehr gastfreundlich. Nun beginne ich zu verstehen, warum die Mabden Euch so achten.«

VI

Über die Reise des Volkes von Fyean

»Wir sind ein Inselvolk«, sagte Artek, »und leben in der Hauptsache vom Meer. Wir fischen . . .« Er machte eine kurze Pause. »Nun, wir fischen, und in der letzten Zeit, hin und wieder – also kurz gesagt, wir waren auch Seeräuber. Es ist ein hartes Leben auf unseren Inseln. Es wächst nicht viel dort. Manchmal haben wir die nahgelegenen Küsten überfallen, aber meistens haben wir Schiffe geentert und uns dort geholt, was wir zum Leben brauchten . . .«

»Ich kenne Euch. Jetzt weiß ich es.« König Fiachadh lachte laut und herzlich. »Ihr seid Piraten, nicht wahr? Ihr seid Artek von Clonghar. Die Seeleute in meinem Hafen fluchen, wenn sie nur Euren Namen hören!«

Artek machte eine entschuldigende Geste und wurde wieder sehr rot. »Ich bin dieser Artek«, gab er zu.

»Habt keine Furcht, Artek von Clonghar.« Lächelnd beugte sich König Mannach über den Tisch und klopfte dem Piraten auf den Arm. »Auf Caer Mahlod sind alle alten Schulden vergessen.

Hier haben wir nur noch einen Feind – die Fhoi Myore. Erzählt uns, wie Ihr hierher gekommen seid.«

»Eines der Schiffe, das wir überfielen, kam von Gwyddneu Garanhir und war auf dem Weg nach Tir-nam-Beo. An Bord entdeckten wir eine Botschaft über den dortigen König. Wir erfuhren durch sie von dem Heer, das sich vor Caer Mahlod sammelte, um gegen die Fhoi Myore zu ziehen. Zwar sind wir nie mit diesem Volk zusammengestoßen, da wir soweit nordwestlich leben. Aber wir fühlten, daß wir uns dieser Sache anschließen mußten, wenn alle Mabden sich für diesen Feldzug vereinigten. In diesem Fall war Euer aller Kampf auch unser Kampf.« Er grinste und gewann etwas von seiner früheren Sicherheit zurück. »Abgesehen davon – wovon sollen wir leben, wenn Eure Schiffe einmal nicht mehr die Meere befahren? Es ist durchaus in unserem Interesse, dafür zu sorgen, daß Ihr überlebt. Wir machten also alle unsere Schiffe fertig – mehr als zwanzig waren es – und bauten starke, seefeste Lastflöße, die wir an unsere Schiffe banden. Dann gingen wir alle an Bord. Das ganze Volk von Fyean, so heißt unsere Insel, brach auf, denn wir wollten unsere Frauen und Kinder nicht schutzlos zurücklassen.«

Artek machte eine Pause und senkte den Blick. »Oh, wie ich mir jetzt wünsche, wir hätten sie dort gelassen. Dann wären sie wenigstens unter ihren eigenen Dächern gestorben und nicht auf dem bebenden Strand dieser schrecklichen Insel.«

Ilbrec, der sich in die Halle gezwängt hatte, um ebenfalls Arteks Geschichte lauschen zu können, erkundigte sich ruhig: »Wo liegt diese Insel?« »Etwas nordwestlich von Clonghar. Ein Sturm trieb uns dorthin. Während des Sturmes hatten wir das meiste von unserem Wasser verloren und viele unserer Lebensmittel. Kennt Ihr diesen Ort, Sir Sidhi?«

»Hat diese Insel einen einzigen, hoch aufragenden Hügel, der genau in ihrer Mitte liegt?«

Artek nickte bestätigend. »So ist es.«

»Und wächst genau auf dem Gipfel des Hügels, exakt in der Mitte, eine riesige Kiefer?«

»Dort wächst die größte Kiefer, die ich jemals gesehen habe«, erklärte Artek.

»Als Ihr dort gelandet seid, flimmerte da alles um Euch herum und schien beständig seine Gestalt zu verändern bis auf diesen Hügel, dessen Umrisse klar und deutlich zu erkennen waren?«

»Ihr müßt selbst dort gewesen sein!« rief Artek.

»Nein«, antwortete Ilbrec. »Ich habe nur von diesem Ort gehört.» Und er warf einen sehr eindringlichen Blick zu Goffanon, der kein großes Interesse an dieser Insel zeigte und auffällig gelangweilt ins Leere starrte. Aber Corum kannte den Zwerg gut genug, um zu sehen, daß Goffanon sich verzweifelt bemühte, Ilbrecs Blick zu ignorieren.

»Als Seefahrer haben wir die Insel natürlich schon vorher oft umfahren, aber da sie oft von Nebel umgeben ist, und entlang ihrer Küste verborgene Riffe drohen, hatten wir zuvor niemals den Versuch unternommen, dort zu landen. Es bestand auch nie irgendeine Veranlassung dazu.«

»Außerdem gab es Gerüchte, daß einige Schiffe in der Nähe dieser Insel verschwunden sein sollten, von denen man nie wieder etwas gehört hat«, fügte der junge Kawanh hinzu. »Es gibt abergläubische Legenden über diesen Platz. Er soll von Shefanhow bewohnt sein und anderen . . .«

Der junge Krieger hielt errötend inne.

»Wird diese Insel manchmal Ynys Scaith genannt?« wollte Ilbrec wissen, der noch immer sehr nachdenklich wirkte.

»Ich habe diesen Namen schon gehört, aye«, bestätigte Artek. »Es ist ein alter, sehr alter Name für die Insel.«

»Dann müßt Ihr wirklich auf der Schatteninsel gewesen sein.« Ilbrec schüttelte seinen blonden Kopf, als würde ihn diese Entdeckung beinahe belustigen. »Das Schicksal zieht an mehr Fäden, als wir ahnen, nicht wahr, Goffanon?«

Doch Goffanon schien diese Bemerkung überhört zu haben. Corum sah aber, wie er Ilbrec später einen versteckten, warnenden Blick zuwarf.

»Aye, und dort war es, wo wir Prinz Corum hier begegneten – oder seinem Doppelgänger . . .«, brach es aus Kawanh heraus, der schnell wieder verstummte. »Ich bitte um Verzeihung, Prinz Corum«, sagte er. »Ich wollte nicht, daß . . .«

Corum lächelte. »Vielleicht war es mein Schatten, den Ihr gesehen habt. Schließlich wird dieser Ort ja Ynys Scaith genannt – die Insel der Schatten. Es scheinen jedenfalls böse Schatten zu sein.« Sein Lächeln erlosch.

»Ich habe von Ynys Scaith gehört.« Bis zu diesem Augenblick hatte Amergin außer einer formellen Begrüßung Arteks und seiner Männer nichts gesagt. »Es ist ein Ort dunkler Zauberei, den böse Druiden mit ihrer Magie beherrschen. Ein Ort, der selbst von den Sidhi gemieden wurde . . .«

Nun war es an Amergin Ilbrec und Goffanon bedeutungsvolle Blicke zuzuwerfen, und Corum vermutete, daß dem weisen Erzdruiden die Blicke zwischen den beiden Sidhi vorhin nicht entgangen waren. »Ynys Scaith, so wurde ich als Novize gelehrt, existierte schon auf dieser Welt bevor die Sidhi kamen. Es hatte gewisse gemeinsame Züge mit der Sidhi-Insel Hy-Breasail, aber ist von ihr doch in einer Beziehung grundverschieden. Während Hy-Breasail ein Land verwunschener Schönheit genannt wird, ist Ynys Scaith ein Eiland des schwärzesten Wahnsinnes . . .«

»Aye«, knurrte Goffanon. –Um es genauer zu sagen, diese Insel ist für Sidhi und Mabden gleichermaßen gefährlich.«

»Ihr seid einmal dort gewesen, Goffanon?« erkundigte sich Amergin sanft.

Aber Goffanon hatte schon wieder seine abweisende Haltung eingenommen. »Einmal«, sagte er knapp.

»Schwarzer Wahnsinn und rote Verzweiflung«, nahm Artek den Faden wieder auf. »Nachdem wir dort gelandet waren, mußten wir feststellen, daß wir nicht mehr zu unseren Schiffen zurückkehren konnten. Undurchdringliche Wälder versperrten uns plötzlich den Weg. Nebel hüllte uns ein. Dämonen fielen über uns her. Alle möglichen Arten mißgestalteter Bestien lauerten an unserem Weg. Sie raubten uns alle unsere Kinder. Sie töteten unsere Frauen und die meisten unserer Männer. Wir sind die einzigen Überlebenden des ganzen Volkes von Fyean. Nur der Zufall rettete uns. Wir fanden eines unserer Schiffe wieder, und machten uns sofort davon. Unser Kurs führte direkt an Eure Küste.« Artek schauderte. »Selbst wenn ich wüßte, daß meine Frau noch lebte und auf Ynis Scaith gefangen wäre, ich würde nicht dorthin zurückkehren.« Seine Hände verkrampften sich ineinander. »Ich könnte nicht.«

»Sie ist tot«, beruhigte ihn Kawanh. Er griff nach dem Arm seines Anführers. »Ich sah, wie sie starb.«

»Wie können wir sicher sein, daß irgend etwas von dem, was wir dort sahen wirklich war!« In Arteks Blick spiegelten sich Todesqualen.

»Nein«, beharrte Kawanh. »Sie ist tot, Artek.«

»Aye.« Arteks Hände lösten sich aus ihrer Verkrampfung. Er ließ die Schultern sinken. »Sie ist tot.«

»Jetzt weißt du, warum mir deine Idee nicht gefällt«, murmelte Goffanon zu Ilbrec.

Corum wandte seinen Blick von dem noch immer zitternden Artek von Clonghar ab. Er sah die beiden Sidhi an. »Ist diese Insel der Ort, wo Ihr hofft, Verbündete für uns zu finden, Ilbrec?«

Ilbrec machte eine Handbewegung, als wolle er damit seine eigene Idee verscheuchen. »Ich hoffte, Corum.«

»Nichts als das Böse selbst kommt von Ynys Scaith«, sagte Goffanon. »Nur Böses, wie es sich auch immer verkleiden mag.«

»Ich habe bisher nicht begriffen . . .« Amergin strich Artek über die Schulter. »Artek, ich gebe Euch eine Medizin, von der Ihr tief schlafen werdet – ohne zu träumen. Morgen seid Ihr wieder ein ganzer Mann.«

*

Die Sonne ging hinter dem Lager unter. Ilbrec und Corum waren auf dem Weg zum blauen Zelt des Sidhi. Von den Küchenfeuern wehten die verschiedensten Essengerüche über die Zelte. In der Nähe sang ein Junge mit einer hohen, melancholischen Stimme von Helden und großen Taten. Die beiden betraten Ilbrecs Zelt.

»Armer Artek«, bemerkte Corum. »Welche Verbündeten hofftet Ihr auf Ynys Scaith zu finden?«

Ilbrec zuckte die Achseln. »Oh, ich dachte daran, ob man ihre Bewohner oder wenigstens einige von ihnen nicht dazu bewegen könnte, sich auf unsere Seite zu schlagen. Aber ich nehme an, daß diese Idee wirklich nicht sehr gut war, wie Goffanon sagte.«

»Artek und seine Begleiter dachten, sie hätten mich dort gesehen«, erklärte Corum. »Sie dachten, ich wäre einer der Dämonen gewesen, die ihre Gefährten erschlugen.«

»Das ist mir ein Rätsel«, gab Ilbrec zu. »Ich habe noch nie von einer ähnlichen Verwechslung gehört. Vielleicht habt Ihr einen Zwillingsbruder . . . Habt Ihr überhaupt einen Bruder?«

»Einen Bruder?« Corum wurde an die Prophezeiung der alten Frau erinnert. »Nein. Aber ich wurde vor einem Bruder gewarnt. Bisher nahm ich an, diese Warnung bezüge sich auf Gaynor, der sicher eine Art Geistesbruder für mich ist, nur daß er unter umgekehrten Vorzeichen kämpft. Oder vielleicht ist auch der gemeint, der unter dem Hügel liegt, dem Hügel im Eichenhain. Aber nun glaube ich, dieser Bruder erwartet mich auf Ynys Scaith.«

»Erwartet Euch?« Ilbrec war alarmiert. »Ihr habt doch nicht vor, die Schatteninsel zu besuchen?«

»Es will mir scheinen, daß Wesen, die mächtig genug sind, die Besten des Volkes von Fyean zu vernichten und einen so tapferen Mann wie Artek mit blindem Entsetzen zu erfüllen, nützliche Verbündete sein könnten«, stellte Corum fest. »Abgesehen davon, habe ich vor, diesem ›Bruder‹ gegenüberzutreten und zu entdecken, wer er ist, und warum ich ihn fürchten muß.«

»Es ist unwahrscheinlich, daß Ihr die Gefahren von Ynys Scaith überlebt«, überlegte Ilbrec laut, der sich in seinen großen Stuhl gesetzt hatte und mit seinen Fingern auf die Lehne trommelte.

»Ich bin in der richtigen Stimmung, mein Schicksal ein wenig herauszufordern«, erwiderte Corum leise. »Jedenfalls solange ich damit nicht den Mabden schade.«

»Ich auch.« Ilbrecs meerblaue Augen blickten in Corums einziges Auge, das diesen Blick erwiderte. »Aber die Mabden ziehen übermorgen gegen Caer Llud, und Ihr seid ihr Heerführer.«

»Das ist es, was mich im Augenblick noch davon abhält, nach Ynys Scaith zu fahren«, antwortete Corum. »Nur das.«

»Ihr habt keine Angst um Euer Leben – Euren gesunden Verstand – vielleicht sogar Eure Seele?«

»Ich werde der Ewige Held genannt. Was bedeuten Tod oder Wahnsinn einem, der mehr Leben vor sich hat als dieses eine? Wie kann meine Seele gefangen werden, solange sie anderswo gebraucht wird? Wenn überhaupt jemand die Chance hat, Ynys Scaith zu besuchen und lebend zurückzukehren, dann ist es Corum von der Silbernen Hand.«

»Gegen diese Logik spricht leider einiges«, entgegnete Ilbrec. Er starrte nachdenklich ins Leere. »Aber in einer Beziehung habt Ihr recht – Ihr seid der Beste, um Ynys Scaith einen Besuch abzustatten.«

»Und dort müßte ich eben versuchen, die Bewohner der Insel für unsere Sache zu gewinnen.«

»Sie könnten tatsächlich von großem Nutzen für uns sein«, gab Ilbrec zu.

Ein kalter Luftzug wehte durch das Zelt, als die Plane vor dem Eingang hochgeschlagen wurde. Goffanon erschien, die Axt über die Schulter gelegt. »Einmen guten Abend, meine Freunde«, sagte er.

Sie erwiderten seinen Gruß. Er setzte sich auf Ilbrecs Waffentruhe und lehnte seine Axt vorsichtig dagegen. Dann sah er von Corum zu Ilbrec und wieder zurück zu Corum. In ihren Gesichtern las er etwas, das ihn beunruhigte.

»Nun«, begann er. »Ich hoffe, ihr habt genug gehört, um den wahnsinnigen Plan zu vergessen, den Ilbrec sich zurecht gelegt hat.«

»Ihr hattet vor, dorthin zu gehen?« fragte Corum.

Ilbrec breitete die Hände aus. »Ich hatte gedacht . . .«

»Ich bin dort gewesen«, unterbrach ihn Goffanon. »Das war mein größtes Unglück. Mein größtes Glück war, daß es mir gelang, wieder von dort zu entkommen. Böse Druiden benutzten die Insel für ihre Zwecke, bevor die Mabden sich auf dieser Ebene ausbreiteten. Die Insel existierte schon vor dem Aufstieg der Vadhagh und der Nhadragh – wenn sie sich auch damals in einer anderen Ebene befand.«

»Wie ist sie dann hierher gekommlen?« wollte Corum wissen.

Ilbrec räusperte sich. »Beinahe könnte man sagen, durch Zufall. Aus irgendwelchen Gründen erwuchsen ihr in ihrer eigenen Ebene Gegner, die mächtig genug waren, um sie zu zerstören. Das Schicksal wollte es, daß zu dieser Zeit die Sidhi aus ihrer Ebene hierher kamen, den Mabden zu helfen. Die Bewohner von Ynys Scaith erhielten während unseres Durchganges die Gelegenheit ebenfalls, zunächst unbemerkt, in diese Ebene durchzubrechen. Indirekt sind also die Sidhi dafür verantwortlich, daß dieser Ort des Schreckens jetzt hier exisitert. So konnten die Bewohner von Ynys Scaith der Rache des Volkes ihrer eigenen Ebene entfliehen, aber sie landeten hier in einer Welt, in der sie außerhalb ihrer Insel nicht überleben können. Nur mit gewissen Hilfsmittel können sie für kurze Zeit Ynys Scaith verlassen. Sie suchen nach einem Weg, in ihre eigenen Ebene zurückzukehren oder Zugang zu einer Welt zu finden, die gastlicher für sie ist. Bisher hatten sie dabei keinen Erfolg. Deshalb sah ich eine Möglichkeit, mit ihnen zu handeln. Vielleicht stellen sie sich auf unsere Seite, wenn wir ihnen Hilfe zum Verlassen dieser Ebene anbieten.«

»Sie würden uns betrügen, welchen Pakt wir auch immer mit ihnen schließen«, warf Goffanon ein. »Das liegt so sehr in ihrem Wesen, wie es unsere Natur ist, Luft zu atmen.«

»Wir könnten versuchen, uns gegen einen Verrat zu schützen«, gab Ilbrec zu bedenken.

Goffanon machte eine Geste der Ungeduld. »Das könnten wir nicht. Höre mir jetzt genau zu, Ilbrec! Ich bin einmal selbst auf den Gedanken gekommen, Ynys Scaith zu besuchen. Das war damals nach der ersten Niederlage der Fhoi Myore, als wir annahmen, sie für immer von dieser Welt verbannt zu haben. Ich weiß, was die Mabden von meiner eigenen Heimat, Hy-Breasail, sagen – es sei ein von Dämonen bewohntes, verwunschenes Eiland. Daher stellte ich mir vor Ynys Scaith könnte ein ähnlicher Ort sein, der zwar Mabden den Tod brächte, wo Sidhi aber durchaus überleben könnten. Ich irrte. Was Hy-Breasail für die Mabden ist, das ist Ynys Scaith für die Sidhi. Es gehört weder zu dieser Ebene noch zu unserer eigenen. Mehr noch, seine Bewohner setzen die besonderen Eigenschaften des Eilandes gezielt ein, um alle Besucher, die nicht zu ihrer Rasse gehören, grausam zu quälen und zu vernichten.«

»Aber dir ist die Flucht gelungen«, erinnerte Corum. »Und auch Artek überlebte mit einigen seiner Männer.«

»In beiden Fällen handelt es sich um puren Zufall. Artek erzählte euch ja, daß er glücklicherweise über eines seiner Schiffe stolperte. Auf ähnliche Weise gelang es mir, mich ins Meer zu werfen. Als ich die Insel so verlassen hatte, konnten mir ihre Bewohner nicht mehr folgen. Ich schwamm fast einen ganzen Tag durch die See, bis ich mich auf eine kleine Felseninsel ziehen konnte, kaum mehr als eine schmale Klippe. Dort blieb ich, bis ich von einem Schiff gesichtet wurde. Ich war den Seeleuten nicht ganz geheuer, aber sie nahmen mich an Bord, und schließlich gelang es mir, nach Hy-Breasail zurückzukehren.«

»Als wir uns zum erstenmal getroffen haben, hast du davon nichts berichtet«, sagte Corum.

»Aus gutem Grund«, knurrte der Sidhi-Schmied. »Ich hätte auch jetzt nichts davon erwähnt, wenn Artek nicht hier erschienen wäre.«

»Doch du hast bisher immer nur sehr allgemein von den Schrecken Ynys Scaiths gesprochen, ohne im einzelnen auf die dort drohenden Gefahren einzugehen«, forschte Ilbrec nach.

»Das liegt daran«, erwiderte Goffanon, »daß diese Gefahren unbeschreiblich sind.« Er stand auf. »Wir werden gegen die Fhoi Myore kämpfen, ohne solche Verbündeten zu suchen wie das Volk von Ynys Scaith. Das ist der Weg, auf dem einige von uns vielleicht überleben. Der andere Weg führt uns alle ins Verderben. Ich spreche die Wahrheit.«

»Wie du sie siehst«, konnte Corum sich nicht zurückhalten hinzuzufügen.

Goffanons Gesicht wurde bei dieser Bemerkung hart. Er nahm seine Axt auf, warf sie sich über die Schulter und verließ ohne jedes weitere Wort das Zelt.

VII

Alte Freundschaften scheinen plötzlich zu zerbrechen

In der Nacht kam Emergin zu Corums Gemächern, während Medheb unterwegs war, ihren Vater zu besuchen. Er trat ein, ohne anzuklopfen, und Corum, der durch das Fenster hinaus auf die Feuer des Heerlagers starrte, drehte sich erst um, als er Schritte hinter sich vernahm.

Amergin streckte seine schlanken Hände aus. »Ich bitte um Entschuldigung für mein unhöfliches Eindringen, Prinz Corum, aber ich wollte Euch unter vier Augen sprechen. Mir scheint, Ihr habt irgendwie Goffanons Zorn erregt.«

Corum nickte. »Wir hatten eine Auseinandersetzung.«

»Über Ynys Scaith?«

»Aye.«

»Ihr habt überlegt, ob Ihr diesen Ort besuchen sollt?«

»Ich muß übermorgen an der Spitze Eurer Armee reiten. Selbstverständlich kann ich nicht gleichzeitig Ynys Scaith besuchen.« Corum wies auf einen geschnitzten Stuhl. »Nehmt Platz, Erzdruide.«

Corum setzte sich auf sein Bett, während Amergin sich auf dem Stuhl niederließ.

»Aber Ihr würde gehen, wenn Ihr hier keine Verantwortung hättet?« Der Hochkönig sprach langsam und sah Corum dabei genau an.

»Ich denke, ja. Ilbrec ist für diesen Schritt.«

»Eure Chancen, dort zu überleben, scheinen außergewöhnlich klein zu sein.«

»Vielleicht.« Corum rieb an seiner Augenklappe. »Aber wenn wir nichts anderes als unser Überleben vor Augen hätten, dürften wir uns auf keinen Krieg gegen die Fhoi Myore einlassen.«

»Da habt Ihr recht«, erwiderte Amergin.

Corum versuchte herauszufinden, was hinter dem Besuch des Hochkönigs stand.

»Es gibt viele wichtige Gründe«, sagte er, »warum ich die Mabden führen muß. Wie soll sonst die Moral hochgehalten werden, wenn der Marsch in die kalten Lande führt?«

»Wahr gesprochen«, bestätigte Amergin. »Ich habe ausführlich über das Für und Wider nachgedacht, wie Ihr es ja auch getan haben werdet. Aber Ihr werdet Euch erinnern, daß ich Euch bat, Goffanon zu überreden, etwas mehr über die Natur dieser möglichen Verbündeten zu sagen?«

»Ihr spracht heute morgen davon.«

»Genau. Nun, seitdem habe ich weiter über diese ganze Sache meditiert und bin immer wieder zu den gleichen Schlüssen gekommen. Wir werden vor Caer Llud eine böse Niederlage erleben. Die Fhoi Myore werden uns vernichten, wenn wir keinen magischen Beistand haben. Wir benötigen übernatürliche Hilfe, Prinz Corum. Mächtigere Hilfe als ich oder die Sidhi sie beschwören könnten. Und es sieht so aus, als wäre der einzige Ort, von dem wir solche Hilfe erhalten können, Ynys Scaith. Ich erzähle Euch das alles im Vertrauen auf Eure Verschwiegenheit. Nutzlos zu wiederholen, daß unsere Krieger, mit der sicheren Überzeugung zu siegen, gegen Caer Llud ziehen müssen. Ihre Moral würde Schaden nehmen, wenn Ihr sie nicht führt, aber ich glaube, selbst unter Eurer Führung werden wir eine Niederlage erleiden. So komme ich widerstrebend zu dem Schluß, daß unsere einzige Hoffnung darin liegt, durch Euch mit den Bewohnern von Ynys Scaith einen Pakt zu schließen, mit dem wir uns ihrer Hilfe versichern.«

»Und was ist, wenn mir das nicht gelingt;«

»Die Sterbenden werden Euch als Verräter verfluchen, aber Euer Name wird nicht lange entehrt werden, denn bald werden keine Mabden mehr übrig sein, Euch zu hassen.«

»Gibt es keinen anderen Weg? Was ist mit den verlorenen Schätzen der Mabden, den Sidhi-Geschenken?«

»Was davon noch übrig ist, befindet sich in den Händen der Fhoi Myore. Der Heilende Kessel ist in Caer Llud. Ebenso der Reif der Macht. Dann gibt es nur noch einen anderen, aber wir wußten nie etwas über seine Natur, noch warum er bei den Schätzen war. Jetzt ist er verloren.«

»Worum handelte es sich?«

»Um einen alten Sattel aus brüchigem Leder. Wir hielten ihn in Ehren wie unsere anderen Schätze, aber ich glaube, er ist durch ein Versehen zwischen sie geraten.«

»Und Ihr könnt nicht an den Kessel und den Reif, bevor die Fhoi Myore geschlagen sind?«

»Genau so ist es.«

»Wißt Ihr noch irgend etwas besonderes über das Volk von Ynys Scaith?«

»Nur, daß sie diese Ebene, wenn sie dazu in der Lage wären, sofort verlassen würden.«

»Das habe ich auch erfahren. Aber wir sind doch sicher gar nicht mächtig genug, um ihnen bei der Erfüllung dieses Wunsches zu helfen.«

»Wenn ich den Reif der Macht hätte«, antwortete Amergin, »wäre ich vielleicht mit mehr Wissen mächtig genug, ihnen zu einer Flucht aus dieser Ebene zu verhelfen.«

»Goffanon glaubt, daß uns jeder Handel mit dem Volk der Schatteninsel viel kosten wird – zu viel.«

»Wenn einige von uns überleben, kann der Preis nicht zu hoch sein«, erwiderte Amergin. »Und ich glaube, daß auf diesem Wege einige von uns überleben können.«

»Vielleicht steht das Überleben doch noch nicht auf dem Spiel. Was können sie uns antun?«

»Ich weiß es nicht. Wenn Ihr meint, das Risiko ist zu groß . . .«

»Ich habe gute eigene Gründe für einen Besuch auf Ynys Scaith«, entschied Corum.

»Es wird das beste sein, wenn Ihr ohne große Zeremonie aufbrecht«, erklärte ihm Amergin. »Ich würde unsere Männer unterrichten, daß Ihr unterwegs seid, um eine wichtige Aufgabe zu erfüllen, und daß Ihr Euch, soweit das möglich ist, vor unserem Angriff auf Caer Llud wieder unserem Heer anschließt. In der Zwischenzeit kann Goffanon die Mabden führen, hoffe ich, falls er nicht mit Euch nach Ynys Scaith geht. Er kennt die kalten Lande und Caer Llud.«

»Aber vergeßt nicht seine schwache Stelle«, erinnerte Corum. »Der Zauberer Calatin hat Macht über Goffanon, die nur gebrochen werden kann, wenn man dem Zauberer das Fläschchen mit Goffanons Speichel nimmt. Wenn Ihr Caer Llud angreift, und ich nicht zurückkehren konnte, dann sucht Calatin und erschlagt ihn als ersten. Ich glaube, daß von all denen, die auf

Seiten der Fhoi Myore kämpfen, Calatin der gefährlichste ist, denn er ist der menschlichste.«

»Ich werde nicht vergessen, was Ihr gerade gesagt habt«, antwortete Amerin. »Aber ich denke nicht, daß man Euch auf Ynys Scaith töten wird, Corum.«

»Vielleicht nicht.« Corum runzelte die Stirn. »Doch ich fühle, daß diese Welt für mich immer ungastlicher wird, wie sie es ja auch für die Bewohner der Schatteninsel ist.«

»Ihr könntet recht haben«, stimmte ihm Amergin zu. »Die besondere Konjunktion der Ebenen kann sich in Eurem Fall ungünstig auswirken.«

Corum lächelte. »Das klingt nach recht zweifelhaftem Mystizismus, Hochkönig.«

»Die Wahrheit klingt oft so.« Der Erzdruide erhob sich. »Wann wollt Ihr nach Ynys Csaith aufbrechen?«

»Bald. Ich muß mich mit Ilbrec besprechen.«

»Überlaßt alles andere mir«, sagte Amergin, »und ich bitte Euch, sprecht nicht zu ausführlich über unseren Plan zu anderen, auch nicht zu Medheb.«

»Sehr gut.«

Corum beobachtet den Erzdruiden, der sich jetzt verabschiedete, und fragte sich dabei, ob Amergin ein noch viel komplexeres Spiel spielte, als er bisher ahnen konnte. Ein Spiel, bei dem Corum ein Stein war, der geopfert werden mußte. Er schüttelte diese Gedanken ab. Amergins Logik war durchaus vernünftig, besonders wenn seine Vision zutraf, und das Mabden-Heer mit einer völligen Niederlage vor Caer Llud rechnen mußte. Und bald, nachdem Amergin gegangen war, folgte ihm Corum und machte sich auf den Weg zu Ilbrecs blauem Zelt vor der Stadt.

*

Corum war in seine Gemächer zurückgekehrt und legte seine Rüstung an, als Medheb eintrat. Sie hatte erwartet, ihn schlafend zu finden, statt dessen sah sie nun, wie er sich für den Kampf wappnete.

»Was bedeutet das? Brechen wir schon morgen auf?«

Corum schüttelte den Kopf. »Ich gehe nach Ynys Scaith«, erklärte er ihr.

»Du brichst zu einem persönlichen Abenteuer auf, anstatt uns nach Caer Llud zu führen?« Sie lachte, um sich selbst glauben zu machen, er scherze mit ihr.

Corum dachte an Amergins Wunsch, so wenig wie möglich über die Absichten seiner Reise zu sagen. »Es ist kein privates Abenteuer«, erwiderte er. »Jedenfalls nicht ausschließlich.«

»Nein?« Ihre Stimme zitterte.

Sie lief einige Zeit im Raum auf und ab, bevor sie fortfuhr. »Wir hätten niemals einem vertrauen dürfen, der nicht von unserer eigenen Rasse ist. Wie konnten wir erwarten, daß du Loyalität für unsere Sache empfindest?«

»Du weißt, daß ich diese Loyalität empfinde, Medheb.« Er ging mit ausgestreckten Armen auf sie zu, aber sie stieß seine Hände zur Seite und starrte ihm ins Gesicht.

»Du gehst in den Wahnsinn und in den Tod, wenn du nach Ynys Scaith gehst. Du hast gehört, was Artek erzählt hat!« Sie bemühte sich, ihre Gefühle zu beherrschen. »Wenn du mit nach Caer Llud ziehst, ist das Schlimmste, das dich erwartet, ein ehrenhafter Tod.«

»Ich werde vor Caer Llud wieder zu euch stoßen, falls das möglich ist. Das Heer wird viel langsamer vorankommen, als ich reisen kann. Es ist durchaus wahrscheinlich, daß ich noch vor Caer Llud wieder bei euch bin.«

»Es ist durchaus wahrscheinlich, daß du nie von Ynys Scaith zurückkehren wirst«, erwiderte sie grimmig.

Er zuckte die Achseln.

Diese Geste brachte sie noch mehr auf. Ein bestimmtes Wort kam undeutlich über ihre Lippen, dann lief sie zur Tür, riß sie auf und warf sie laut hinter sich ins Schloß.

Corum wollte ihr folgen, besann sich aber dann, daß jede weitere Diskussion nur zu weiteren Mißverständnissen führen würde. Er hoffte, daß Amergin bei passender Gelegenheit Medheb sein Vorhaben erklären würde, oder sie wenigstens davon überzeugen konnte, daß sein Besuch auf Ynys Scaith nicht einzig einer persönlichen Besessenheit entsprang.

Als er dann die Feste verließ und in das Lager zurückkehrte, wo Ilbrec ihn erwartete, geschah das mit schwerem Herzen.

Der goldene Riese empfing ihn ebenfalls für den Kampf gewappnet, sein großes Schwert Vergelter an der Hüfte, sein riesiges Pferd Zaubermähne für den Ritt gesattelt. Er lächelte, als erfülle ihn die Erwartung ihres bevorstehenden Abenteuers mit Begeisterung. Doch Corum konnte nichts als dumpfen Schmerz empfinden, als er dieses Lächeln erwiderte.

»Wir haben keine Zeit zu verlieren«, rief Ilbrec. »Wie wir übereingekommen sind, werden wir zusammen auf Zaubermähne reiten. Er galoppiert schneller als jedes sterbliche Pferd und wird uns nach Ynys Scaith und zurück bringen, ehe wir uns versehen haben. Ich habe von Kawanh eine Karte erhalten. Es gibt nichts mehr, was uns hier noch aufhalten könnte.«

»Nein«, bestätigte Corum. »Nichts mehr.«

»Ihr seid unverantwortliche Narren!«

Corum fuhr herum, um in Goffanons Gesicht zu blicken, das vor Wut dunkel angelaufen war. Der Sidhi-Zwerg schüttelte seine Faust, in der er die mächtige Streitaxt hielt, und schrie: »Wenn ihr lebend von Ynys Scaith zurückkehrt, dann werdet ihr nicht mehr bei Verstand sein. Ihr werdet niemandem mehr helfen können. Wir brauchen euch beide auf diesem Feldzug. Die Mabden erwarten, daß wir drei sie führen. Unsere Gegenwart ist es, die ihnen ihren Mut gibt. Geht nicht nach Ynys Scaith. Geht nicht!«

»Goffanon«, sagte Ilbrec verständnisvoll, »in den meisten Angelegenheiten respektiere ich deine Weisheit, aber in dieser Sache müssen wir unseren eigenen Gefühlen folgen.«

»Eure Gefühle sind falsche Gefühle, wenn sie euch in euer Verderben führen! Was sind das für Gefühle, die euch alle die verraten lassen, denen zu dienen ihr geschworen habt! Geht nicht!«

»Wir werden gehen«, erwiderte Corum mit ruhiger Stimme. »Wir müssen.«

»Dann treibt euch ein böser Dämon, und ihr seid nicht länger meine Freunde«, rief Goffanon. »Ihr seid nicht mehr meine Freunde!«

»Du solltest unsere Motive respektieren können, Goffanon . . .«, setzte Corum an, aber die Verwünschungen des Zwerges schnitten ihm das Wort ab.

»Selbst wenn ihr bei vollem Verstand von Ynys Scaith zurückkehrt – und daran zweifele ich sehr – werdet ihr nur euer eigenes Verderben mit euch bringen. Daran gibt es keinen Zweifel. Ich habe es in meinen jüngsten Träumen gesehen.«

Mit leichtem Hohn in der Stimme antwortete Corum:

»Die Vadhagh hatten eine Tehorie, daß Träume mehr über den Mann, der sie träumt, aussagen als über die Welt, in der er lebt. Könnte es sein, daß du noch andere Motive hast, uns von einem Besuch auf Ynys Scaith abzuhalten . . .?«

Goffanon starrte ihn herausfordernd an. »Ich gehe mit den Mabden nach Caer Llud«, sagte er.

»Nimm dich vor Calatin in acht«, meinte Corum, ernsthaft besorgt.

»Ich glaube, daß Calatin ein besserer Freund war, als ihr beide es seid.» Mit hängenden Schultern wandte Goffanon sich von ihnen ab.

»Nun, muß ich entscheiden?« Die Stimme klang hell und ironisch. Sie gehörte Jhary-a-Conel, der im Schatten zwischen den Zelten auftauchte und die drei musterte, die Hände in die Hüften gestemmt und die Augenbrauen leicht hochgezogen. »Muß ich entscheiden, ob ich jetzt nach Ynys Scaith gehe oder nach Caer Llud? Ist meine Loyalität von jetzt an aufzuteilen?«

»Ihr geht nach Caer Llud«, erwiderte Corum. »Eure KLUGHEIT UND EUER Wissen werden dort gebraucht. Ihr besitzt mehr davon als ich . . .«

»Wer besäße das nicht?« brach es aus Goffanon hervor, der Corum noch immer den Rücken zuwandte.

»Geht mit Goffanon, Jhary«, erklärte Corum dem Gefährten von Helden leise. »Helft, ihn gegen Calatins Zauberei zu schützen.«

Jhary nickte. Er berührte Corums Schulter. »Lebt wohl, verräterischer Freund«, murmelte er. Und um seine Lippen spielte ein kleines, trauriges Lächeln.

Während sie sprachen, schwang sich Ilbrec mit rasselndem Kettenhemd auf Zaubermähnes Rücken. »Corum?«

Corum wiederholte mit aller Entschiedenheit. »Goffanon! Ich bin überzeugt, daß ich das tue, was unserer gemeinsamen Sache am besten dient.«

»Du wirst einen Preis zu zahlen haben, sagte Goffanon. »Du wirst dafür zahlen, Corum. Vergiß meine Warnung nicht!«

Corum klopfte mit seinen silbernen Fingern gegen das Schwert, das er jetzt an seiner Seite trug. »Jedenfalls mindert dein Geschenk alle Gefahren, die mich erwarten. Ich habe Vertrauen zu dieser Klinge, die du geschmiedet hast. Sagtest du nicht, sie würde mich gegen alles schützen?«

Wie unter großen Schmerzen drehte Goffanon seinen schweren Kopf von einer Seite zur anderen. Er stöhnte.

»Das hängt davon ab, zu welchem Zweck du sie benutzen wirst. Aber, bei den Seelen aller großen, toten Sidhi-Helden, ich wünschte, ich hätte diese Klinge nicht geschmiedet.«

ZWEITES BUCH

Auf Ynys Scaith warten viele Schrecken, viele Enthüllungen und viele überraschende Wendungen

I

Der Zauber von Ynys Scaith

Zaubermähne hatte die alten Pfade zwischen den Dimensionen nicht vergessen. Das Sidhi-Pferd gelaoppierte scheinbar schwerelos über die Wogen, als die Morgensonne Corum und Ilbrec auf hoher See fand. Die wogenden Wassermassen um sie herum verwandelten sich aus Blau mit Weiß in Rosa, dann Gold und schließlich wieder zurück in Blau, während die Sonne am Himmel aufstieg.

»Amergin sagte, daß die Schatteninsel schon existierte, bevor die Sidhi kamen.« Corum saß hinter Ilbrec und hielt sich am Gürtel des Riesen fest. »Doch Ihr habt mir erzählt, daß sie erst zusammen mit den Sidhi in diese Ebene kam.«

»Es gab schon immer Adepten gewisser Künste, die sich frei zwischen den Ebenen bewegen konnten, wie Ihr sicher wißt«, erklärte Ilbrec, der die Gischtspritzer auf seinem Gesicht genoß. »Ohne Zweifel gab es auch Druiden der Mabden, die Ynys Scaith besuchten, bevor die Insel sich auf dieser Ebene materialisierte.«

»Und wo kommt das Volk, das jetzt auf Ynys Scaith lebt, ursprünglich her? Sind es Mabden?«

»Sicher nicht. Es muß sich um eine ältere Rasse handeln, die nach und nach von den Mabden verdrängt wurde, wie die Vadhagh. Auf ihrer Insel in einem letzten Exil lebend, wurden sie grausam und verfiel der Inzucht – aber Grausamkeit und Inzucht gehörten schon zu den Eigenarten dieser Rasse, bevor diese Insel ihre letzte Zuflucht wurde.«

»Wie wurde diese Rasse genannt?«

»Das weiß ich nicht.« Ilbrec zog Kawanhs Karte unter seinem Kettenhemd vor, studierte das Pergament eingehend und flüsterte dann Zaubermähne etwas ins Ohr.

Fast im gleichen Augenblick änderte das Pferd seine Richtung und hielt sich mehr nach Nordwesten.

Graue Wolken erschienen und brachten einen leichten Regen mit sich, der aber angenehm erfirschend wirkte, und schon waren sie unter den Wolken hindurch und ritten wieder im Sonnenschein. Corum bemerkte, daß er fast im Halbschlaf an Ilbrecs Gürtel hin. Er nahm die Gelegnheit wahr, seinen Körper und seinen Geist noch einmal so gut wie möglich auszuruhen, bevor sie Ynys Scaith erreichten, wo er alle seine Kräfte brauchen würde.

*

So begab es sich, daß zwei Helden über das Meer ritten und schließlich zu der Insel kamen, die Ynys Scaith genannt wurde: einer kleinen Insel, geformt wie der Gipfel eines Berges und von einer schwarzen Wolke umgeben, obwohl der Himmel über ihr klar und blau war. Sie konnten die Brandung an die öden Strände donnern hören, sie sahen den Hügel im Mittelpunkt der Insel, und bald konnte sie auch die einzelne Kiefer erkennen, die auf dem Gipfel des Hügels stand, aber vom Rest der ganzen Insel war nichts deutlich auszumachen, obwohl sie immer näher kamen. Mit einem sanften Ruf und einer leichten Handbewegung zügelte Ilbrec Zaubermähne, und das Pferd blieb mit seinen Reitern inmitten der wogenden See stehen.

Corum rückte sich seinen silbernen, konischen Helm auf dem Kopf zurecht und beugte sich vor, um die Riemen seiner Beinschienen fester zu ziehen. Gleichzeitig schob er mit einer Schulterbewegung seinen Brustharnisch in eine bequemer Position. Über die Schulter geschlungen trug Corum einen Köcher mit Pfeilen und seinen Bogen. Jetzt schob er seinen weißen Lederschild auf den linken Arm und nahm die langschäftige Streitaxt in die silberne Hand. Die andere Hand blieb frei, um sich damit an Ilbrecs Gürtel festzuhalten oder sein namenloses Schwert zu ziehen, falls das notwendig werden sollte.

Vor ihm warf Ilbrec seinen Mantel zurück, so daß die Sonne auf seinem goldenen, geflochtenen Haar schimmerte und sich auf seiner bronzenen Rüstung spiegelte. Er drehte sich halb zu Corum herum, und seine graugrünen Augen glichen der Farbe des Meeres. Ilbrec lächelte. »Seid Ihr bereit, Freund Corum?«

Corum konnte nicht auf die gleiche unbekümmerte Art zurücklächeln. Sein eigenes Lächeln fiel etwas grimmiger aus, während er langsam nickte. »Auf nach Ynys Scaith«, sagt er.

Und so schüttelte Ilbrec Zaubermähnes Zügel, und das große Pferd fiel wieder in seinen schnellen Galopp. Um sie spritzte die Gischt immer höher auf, während sie sich schneller und schneller der verwunschenen Insel näherten.

Obwohl Zaubermähne jetzt fast den Strand erreicht hatte, war es noch immer unmöglich, etwas genauer zu erkennen. In der schattenhaften Erscheinung der Insel verschwammen alle Einzelheiten. Der flüchtige Eindruck von dichten Wäldern tauchte auf, von halb verfallenen Gebäuden, von Stränden, die von angeschwemmtem Treibgut übersät waren, von wirbelnden Nebeln, von großen Vögeln, die mit langsamem Flügelschlag kreisten, und von gedrungenen Tierleibern, die zwischen den Bäumen und den Ruinen kauerten. Aber jedesmal, wenn das Auge sich auf etwas Bestimmtes konzentrierte, wurde alles verschwommen und veränderte seine Gestalt. Einmal glaubte Corum, ein großes Gesicht zu erkennen, größer als das von Ilbrec. Das Gesicht starrte ihn über einen Stein hinweg an, aber dann schienen Gesicht und Stein zu einem Baum zu verschmelzen, oder einem Haus, oder einem Tier. Es lag etwas Unreines und Peinigendes über Ynys Scaith. Hier fand sich nichts von der Schönheit Hy-Breasails. Es war beinahe, als wäre diese magische Insel das genaue Gegenteil von jener verzauberten Insel, die Corum zuerst besucht hatte. Leise, unangenehme Geräusche wehten von der Insel herüber. Manchmal schien es, als flüstere eine Stimme ihm etwas zu. Der Wind brachte einen fauligen Geruch mit sich. Der Haupteindruck, den die Insel vermittelte, war der von Krankheit und Verfall – einer dahinsiechenden Seele. Ynys Scaith erinnerte an die Fhoi Myore. Böse Ahnungen stiegen in Corum auf. Warum sollte das Volk von Ynys Scaith sich auf die Seite der Mabden stellen? Es schien eher zu ihm zu passen, sich mit dem Kalten Volk zu verbünden.

Wieder zügelte Ilbrec Zaubermähne. Wenige Fuß vor dem Strand hielten sie an. Der Sidhi hob seinen linken Arm und rief:

»Sei gegrüßt, Ynys Scaith! Wir kommen als freie und friedliche Besucher hierher. Heißt man uns willkommen?«

Dies war ein alter Gruß, ein traditioneller Gruß der Mabden. Aber Corum fühlte, daß er den Bewohnern dieses Ortes wenig sagen würde.

»Sei gegrüßt, Ynys Scaith! Wir kommen in Frieden, um mit Euch über einen Pakt zu verhandeln!« wiederholte der riesige Jüngling.

Etwas wie ein Echo klang auf, aber es gab keine Antwort.

Ilbrec zuckte die Achseln. »Dann müssen wir diese Insel uneingeladen besuchen. Keine guten Umgangsformen . . .«

»Die wir bald auch am eigenen Leibe zu spüren bekommen können«, ergänzte Corum.

Ilbrec trieb Zaubermähne vorwärts, und schließlich berührten die Hufen des Pferdes den grauen Strand von Ynys Scaith. Die Bäume hinter dem Strand verwandelten sich plötzliv vor ihren Augen in riesige, feuerrote Farnwedel, die sich raschelnd bewegten. Das Rascheln klang halb wie Wimmern und halb wie Gelächter. Als er sich umwandte, konnte Corum das Meer nicht mehr sehen. Statt dessen erhob sich dort eine Wand aus flüssigem Blei.

Es blieb Ilbrec nichts anderes übrig, als auf die Farne zuzureiten. Als sie den eigenartien Farnwald erreichten, bogen sich die Pflanzen vor ihnen auf den Boden, legten sich flach hin, als wollten sie einem Eroberer huldigen. Zaubermähne schnaubte verwirrt und legte die Ohren an. Ilbrec mußte sein Pferd mit den Fersen vorantreiben. Kaum hatten sie die ersten Pflanzen überquert, da richteten sich die Farne überall wieder auf. Die beiden Helden waren von riesigen Pflanzen umgeben. Wie gefiederte Finger tasteten die Farnwedel nach ihnen und berührten ihre Haut. Ein Seufzen lief durch die Farne.

Und Corum fühlte, die Farne durch seine Haut bis zu seinen Knochen tasten. Es fiel ihm schwer, nicht mit dem Schwert auf die Wedel einzuschlagen. Den Schrecken der Mabden, die sich einer derartig monströsen Flora gegenübersahen, konnte er gut verstehen. Aber Corum hatte in seinem Leben schon Schlimmeres erlebt und wußte seine Panik zu unterdrücken. Er versuchte ein paar beruhigende Worte an Ilbrec zu richten, der ebenfalls so tat, als kümmere er sich nicht weiter um die Pflanzen.

»Interesante Flora, Ilbrec. Ich habe bisher noch nichts Vergleichbares auf dieser Ebene gesehen.«

»Das finde ich auch, Freund Corum.« Ilbrecs Stimme zitterte nur leicht. »Die Pflanzen scheinen eine Art primitive Intelligenz zu besitzen.«

Das Flüstern wurde lauter, und die Berührungen durch die Pflanzen wurden noch intensiver, aber die beiden Freunde ritten entschlossen weiter durch den Wald. Der feuerrote Schimmer um sie schmerzte ihnen in den Augen.

»Könnte das nicht trotzdem alles nur eine Illusion sein?« meinte Corum.

»Möglich, mein Freund. Aber eine sehr gute Ilusion.«

Die Farne standen jetzt nicht mehr so dicht und wichen schließlich einem Fundament aus grünem Marmor, das einige Zentimeter unter einer gelblichen Flüssigkeit lag. Von dieser Flüssigkeit stieg ein widerwärtiger Geruch auf wie von faulendem Wasser. Alle Arten kleiner Insekten lebten in dem gelben Naß, und gelegentlich erhoben sich Wolken von ihnen, die um die Köpfe der Reiter schwirrten, als wollten sie die Eindringlinge begrüßen. Zu Corums rechter Seite erstreckten sich Ruinen: von Efeu überwunderte Bogengänge, teilweise eingestürzte Gallerien, Mauern aus bröckelndem Granit und trübem Quarz, auf denen wilder Wein wuchs mit fleischigen Blüten, deren Duft Übelkeit erregte. In einiger Entfernung sahen sie zweibeinige Tiere, die sich bückten, um von der Flüssigkeit zu trinken. Die Wesen blickten mit flackernden, weißen Augen herüber und bückten sich dann wieder, ohne besonderes Interesse zu zeigen. Etwas huschte vor Zaubermähnes Hufen davon. Im ersten Augenblick glaubte Corum, eine bleiche Schlange zu erkennen, aber dann fragte er sich, ob er nicht gerade ein Wesen mit einer fast menschlichen Gestalt gesehen hatte. Er sah genauer hin, aber das Wesen war verschwunden. Eine gewöhnliche schwarze Ratte schwamm weiter draußen auf der Flüssigkeit. Sie schenkte Ilbrec und Corum keine weitere Beachtung. Dann tauchte sie und verschwand durch einen schmalen Riß in der Oberfläche des Marmors.

Als sie endlich das andere Ende des überfluteten Fundamentes erreichten, waren die zweibeinigen Wesen nicht mehr dort. Zaubermähne trabte nun über einen Teppich aus feuchtem Gras, der widerliche, saugende Geräusche von sich gab, wo die Hufe ihn berührten. Bis jetzt hatte sie nichts direkt bedroht, und Corum begann zu überlegen, ob vor ihnen hier gelandeten Mabden nicht Opfer ihres eigenen Entsetzens geworden waren. Einer wahnsinnigen Furcht, die diese unheimliche Umgebung leicht hervorgerufen haben mochte. In Corums Nase wehte ein Gestank, der dem von Kuhdung nicht unähnlich war, nur viel stärker. Es war ein betäubender Gestand, und Corum zog ein Tuch unter seinem Kettenhemd vor, das er sich vor den Mund band. Dieser Schutz half jedoch kaum. Ilbrec hustete und spuckte, während er Zaubermähne durch einen Gang, der von geborstenen Lapislazuli gebildet wurde, in einen dunklen Korridor aus hohen Bäumen lenkte. Die Bäume hatten Ähnlichkeit mit riesigen Rhododendron-Büschen. Breite, dunkle Blätter schlugen den Reitern ins Gesicht. Bald war es im Korridor aus Blattwerk pechschwarz bis auf einige gelbe Lichter, die rechts und links zwischen den Blättern flackerten. Ein- oder zweimal schien es Corum, als zeigten sich in diesen Lichtern grinsende, halb zerfressene Gesichter. Aber er nahm an, daß ihm seine Einbildung einen Streich spielte, was durch die schreckliche Obszönität der Umgebung leicht zu erklären gewesen wäre.

»Laßt uns hoffen, daß dieser Pfad uns irgendwo hin führt«, murmelte Ilbrec. »Der Gestank wird hier noch schlimmer, falls das überhaupt möglich ist. Sollte das etwa der Geruch der Bewohner von Ynys Scaith sein?«

»Laß uns hoffen, daß nicht, Ilbrec. Es würde jede Verhandlung mit ihnen noch um einiges schwieriger machen. Habt Ihr eine Vorstellung, in welche Richtung wir uns hier eigentlich bewegen?«

»Ich fürchte, ich habe keine Ahnung«, antwortete der Sidhi-Jüngling. »Ich bin nicht sicher, ob es hier nach Süden, Norden, Osten oder Westen geht. Alles, was ich weiß, ist, daß die Zweige über unserem Pfad immer niedriger hängen, so daß es wohl das beste ist abzusteigen. Haltet ihr Euch am Sattel fest, Corum, während ich mich vom Pferd schwinge?«

Corum griff nach dem Sattel, und Ilbrec stieg ab. Der Vadhagh hörte in der Dunkelheit das Rasseln des Kettenhemdes und das Knarren des Zaumzeuges, als Ilbrec nach den Zügeln griff und das Pferd fortwärtszog. Zu sehen war nicht viel. Ohne die mächtige Gestalt des Riesen vor sich, fühlte Corum sich den möglichen oder eingebildeten Gefahren noch mehr ausgesetz. Hörte er da kein Lachen aus der Tiefe des Waldes? Hörte er nicht die Bewegung großer Gestalten neben sich im Gebüsch, die mit ihnen Schritt hielten, jederzeit bereit, zuzuschlagen? War das keine Hand, was gerade sein Bein berührt hatte?

Weitere Lichter flackerten auf, aber diesmal waren sie direkt vor ihnen.

Etwas keuchte in der Nähe.

Corum griff nach seinem Schwert. »Habt Ihr auch das Gefühl, wir werden beobachtet, Ilbrec?«

»Das wäre möglich.« Die Stimme des jungen Reisen klang fest, aber angespannt.

»Alles, was wir hier gesehen haben, zeugt von einer großen Zivilisation, die schon vor Jahrtausenden untergegangen sein muß. Vielleicht hat Ynys Scaith längst keine intelligenten Bewohner mehr.«

»Vielleicht . . .«

»Vielleicht haben wir hier nur wilde Tiere zu fürchten – und längst vergessene Krankheiten. Kann es nicht sein, daß die Luft das Gehirn angreift und ungesunde Gedanken überträgt, schreckenerregende Visionen?«

»Wer weiß?«

Aber diese Antwort war nicht von Ilbrec gekommen.

»Ilbrec?« flüsterte Corum. Er fürchtete, sein Freund könne plötzlich einfach verschwunden sein.

Einen Augenblick war alles still.

»Ilbrec?«

»Ich habe es auch gehört«, antwortete Ilbrec. Corum fühlte ihn einen Schritt näher kommen. Ilbrecs Hand legte sich beruhigend auf Corums Arm. Dann rief der Sidhi mit lauter Stimme: »Wo seid Ihr? Wer hat da zu uns gesprochen?«

Aber niemand antwortete, und so setzten sie ihren Weg fort,

bis sie schließlich an eine Stelle gelangten, wo das Sonnenlicht durch die Zweige brach, und der dunkle Pfad sich in drei Korridore teilte. Der mittlere schien der kürzeste zu sein, denn durch die Dämmerung zwischen den Büschen konnte man in einiger Entfernung den Himmel sehen.

»Der scheint der beste zu sein«, meinte Ilbrec und saß wieder auf. »Was sagt Ihr, Corum?«

Corum zuckte die Achseln. »Sieht fast nach einer Falle aus«, erwiderte er. »Als wollte das Volk von Ynys Scaith uns irgendwo hinlocken.«

»Sollen sie doch, wenn sie das vorhaben«, sagte Ilbrec.

»Das denke ich auch.«

Ohne weiteren Kommentar lenkte Ilbrec Zaubermähne in den mittleren Gang.

Langsam wurde das Blattwerk über ihnen lichter. Schließlich weitere sich der Waldpfad zu einer Art Straße mit einzelnen Büschen auf beiden Seiten. Sie führte zu einer Reihe hoher, geborstener Säulen, um die sich abgestorbene Flechten rankten, braun, schwarz und dunkelgrün. Darunter waren Reliefe mit dämonischen Wesen und grinsende Tierköpfe zu erkennen. Erst als sie zwischen den Säulen hindurch waren, bemerkten sie, daß sie inzwischen auf einer Brücke trabten, die sich über einen breiten, grauenerregend tiefen Abgrund spannte. Die Brücke mußte einmal von einem steinernen Geländer eingefaßt gewesen sein, das jetzt zum größten Teil zerfallen war. Durch die Lücken konntn sie in den Abgrund hinunter sehen. Schwarze Wasser brodelten dort, in denen unbeschreibliche, reptilienähnliche Kreaturen schnappten und kreischten.

Über die Brücke heulte ihnen ein unangenehmer Wind entgegen; ein kalter Wind, der an ihren Mänteln zerrte, und das Pferd über den Rand der schwankenden Steinkonstruktion in den Abgrund zu drängen schien.

Ilbrec warf fröstelnd einen Blick über den Rand und zog sich seinen Mantel enger um die Schultern.

»Diese Bestien dort unten sehen groß aus. Ich habe noch keine größeren gesehen. Seht Euch die Zähne an, die sie in ihren aufgesperrten Mäulern haben! Seht diese gierigen Augen, die knochigen Klauen und die Hörner! Ich bin froh, daß wir hier oben vor ihnen sicher sind, Corum!«

Corum nickte zustimmend.

»Diese Welt ist nicht für einen Sidhi gemacht«, murmelte Ilbrec.

»Auch nicht für einen Vadhagh«, setzte Corum hinzu.

Als sie die Mitte der Brücke erreichten, nahm der Wind so zu, daß es selbst Zaubermähne mit seinem riesigen Körper schwer fiel, ihm standzuhalten. Corum blickte auf und sah etwas, das er zunächst für einen Vogelschwarm hielt. Es waren etwa zwanzig, die in einem ungeordneten Keil flogen. Als sie näherkamen, entdeckte Corum, daß es keine Vögel waren, sondern geflügelte Reptielien, in deren langen Schnäbeln scharfe, gelbe Fänge blitzten. Er stieß Ilbrec an und wies nach oben.

»Ilbrec«, rief er. »Drachen.«

Es waren tatsächlich Drachen, ein gutes Stück größer als die Riesenadler aus den nördlichen Bergen Bro-an-Mabdens. Und diese Drachen hatten ganz offensichtlich vor, sich auf die beiden Reiter in Zaubermähnes Sattel zu stürzen.

Corum schob seine Füße unter die Sattelgurte, damit der Wind ihn nicht vom Rücken des Pferds riß. Mit einigen Schwierigkeiten gelang es ihm dann, seinen Bogen schußbereit zu machen. Er legte den Pfeil gegen die Sehne, spannte und zielte am Pfeil entlang. Er versuchte den Wind so gut wie möglich mit einzukalkulieren und schoß. Er hatte auf den Drachen gezielt, der ihnen am nächsten war. Der Pfeil verfehlte den Körper der Bestie, durchbohrte aber ihren Flügel. Der Drachen kreischte, wand sich in der Luft und schnappte mit den Zähnen nach dem Pfeil. Dann begann die Bestie zu fallen, richtete ihren Flug noch einmal aus, aber trudelte dann schließlich sich überschlagend in die dunklen Wasser, wo die anderen Reptilien sie erwarteten. Corum schoß zwei weitere Pfeile ab, doch beide verfehlten ihr Ziel.

Ein Drachen kam jetzt dicht heran, flatterte über Ilbrecs Kopf und biß nach dem Schild, mit dem der Sidhi versuchte, sich zu schützen. Er hieb mit Vergelter nach dem Leib des Ungeheuers. Zaubermähne scheute, rollte mit den Augen und stellte sich wiehernd auf die Hinterbeine. Die Brücke bebte unter den Hufen des mächtigen Tieres. Ein frischer Riß erschien, und am Rand brach ein Stück ab. Das Pferd beruhigte sich wieder, aber Corum fühlte wie sich ihm der Magen umdrehte, als das Mauerwerk neben ihm in die Teife stürzte. Er schoß wieder, und diesmal traf sein Pfeil einen Drachen in den Hals. Doch jetzt waren sie von ledernen Schwingen umgeben. Scharfe Zähne schnappten nach ihnen, und Klauen, die fast wie menschliche Hände wirkten, hieben auf sie ein. Corum mußte seinen Bogen fallen lassen und das namenlose Schwert, Goffanons Geschenk, ziehen. Von dem silberigen Licht, das von der Klinge ausging, halb geblendet, lies er das wundervoll ausbalancierte Schwert um sich kreisen. Er fühlte, wie die Klinge in kaltes Fleisch schnitt. Verwundete Drachen taumelten um Zaubermähnes Beine, und aus dem Augenwinkel sah Corum, drei über den Rand der Brücke stürzen. Und Corum sah, daß Ilbrecs goldenes Schwert vom Blut der Drachen triefte, und Corum hörte die Stimme des Jünglings ein Sidhi-Lied singen (denn die Sidhi sangen, wenn sie sich ihrem Tod gegenübersahen):

Gen Osten haben wir gekämpft;
Furchtlos war unser Feind.
Es schlugen die Sidhi fünfzig Schlachten,
Die Waffen rot von Blut.
Nichts brach der Kämpfer Mut.
Nichts brach der Kämpfer Mut.

Corum fühlte, wie sich etwas auf seiner Schulter niederließ und kalte Klauen seine Haut berührten. Mit einem Aufschrei hieb er hinter sich, und die Klinge fuhr durch hornige Schuppen. Ein Drachen keuchte und spie sein Blut über Corums silbernen Helm. Der Vadhagh konnte sich gerade noch rechtzeitig den beißenden Saft von den Augen wischen, um sein Schwert in einen anderen Drachen zu stoßen, der mit ausgestreckten Klauen auf Ilbrecs ungeschützten Kopf herunterstieß.

Und Ilbrec sang weiter:

Wenn des Kämpfers Leib zu Erde wird,
Laßt es vertraute Erde sein,

Daß Helden unser Grab besingen,
Ein Sidhi-Grab in Sidhi-Erde,
Nicht Rabenfraß in fremdem Land,
Nicht Rabenfraß in fremdem Land.

Corum verstand, was Ilbrecs Lied ausdrückte, denn auch ihm selbst behagte die Vorstellung nicht, sein Leben im Kampf mit diesen hirnlosen Kreaturen zu verlieren und an einem namenlosen Ort zu enden; ein Ende, von dem nie jemand etwas erfahren würde.

Schließlich hatten sie fast die Hälfte der Drachen erschlagen oder so verwundet, daß sie kampfunfähig waren. Doch die Bewegungen des großen Sidhi-Streitrosses, das mit seinen Hufen auf die am Boden kriechenden Drachen einschlug, ließen immer mehr Risse in dem brüchigen Mauerwerk der Brücke entstehen. Wenige Schritte vor ihnen weitete sich einer der Risse zu einem bedrohlichen Loch. Durch diese weitere Gefahr einen Augenblick abgelenkt, übersah Corum einen heranrauschenden Drachen. Die Bestie schlug ihre Klauen in Corums Schulter und schnappte nach seinem Gesicht. Mit einem erschöpften Stöhnen riß er seinen Schild hoch und rammte ihn dem Untier in die weiche Unterseite. Gleichzeitig stach er mit seinem namenlosen Schwert nach dem Hals der Bestie. Die Klauen des Drachen lösten sich, und das Reptil stürzte auf die Brücke. In diesem Moment gab die ganze Brücke nach, und Ilbrec, Zaubermähne und Corum fielen den schwarzen Wassern mit den darin schwimmenden Ungeheuern entgegen.

Corum hörte Ilbrec schreien:

»Faß meinen Gürtel, Corum. Halt meinen Gürtel fest!«

Obwohl Corum sofort gehorchte, sah er wenig Sinn in dieser Anweisung. Ihr Tod war jetzt endgültig besiegelt. Vorher würden nur noch Schmerzen kommen. Und er hoffte, die Schmerzen würden nicht zu lange dauern.

II

Die Malibann geben sich zu erkennen

In dem einen Augenblick fielen sie noch, im nächsten stiegen sie schon wieder nach oben. Corum war so mit den Gedanken an das bevorstehende Ende beschäftigt, daß er den Wechsel im ersten Moment gar nicht bemerkte. In einer Art Spirale schien Zaubermähne durch die Luft zu galoppieren, zurück zu der eingestürzten Brücke. Die Drachen waren verschwunden. Zweifellos hatten sie keine Lust gehabt, ihrer Beute in den Abgrund zu folgen und sich dort mit ihren größeren Verwandten darum zu streiten.

Und Ilbrec lachte, als er begriff, was Corum gefühlt haben mußte.

»Die alten Pfade sind überall«, erklärte er. »Dankt meinen Vorfahren, daß Zaubermähne sie noch immer finden kann.«

Das Pferd verfiel jetzt in einen langsamen Trab und hielt auf die andere Seite des Abgrundes zu. Seine Hufe schienen sich wie immer bei solchen Gelegenheiten auf der leeren Luft zu bewegen.

Corum seufzte erleichtert. Auch wenn er allen Grund hatte, den Fähigkeiten des Sidhi-Pferdes zu trauen, fiel es ihm noch immer schwer, daran zu glauben, daß dieses Tier über das Meer reiten konnte, ganz zu schweigen von einem Ritt durch die Luft. Dann berührten die Hufe wieder festen Boden, und Zaubermähne blieb am Rand der Schlucht stehen. Vor ihnen erstreckte sich eine Straße, die durch eine Landschaft mit niedrigen Hügeln führte. Die Hügel waren von etwas bedeckt, das kranken, in allen Farben schillernden Pilzen glich. Ilbrec und Corum stiegen ab, um ihre Wunden zu untersuchen. Corum hatte seinen Bogen verloren, und sein Köcher war leer. Er warf ihn weg. Die Klauen des Drachen hatten nur oberflächliche Fleischwunden an Armen und Schultern hinterlassen. Ilbrec hatte auch keine ernsteren Verletzungen davongetragen. Sie grinsten sich an, und ihnen war beiden klar, daß sie nicht damit gerechnet hatten, jemals lebend von der Brücke herunter zu kommen.

Ilbrec nahm seine Wasserflasche aus der Satteltasche und bot sie Corum an. Sie hatte die Größe eines kleinen Fasses, so daß Corum Schwierigkeiten hatte, sie überhaupt an die Lippen zu setzen. Aber es gelang ihm, seinen Durst zu stillen, wofür er Ilbrec sehr dankbar war.

»Was mich wundert«, sagte Ilbrec, nachdem er selbst einen Schluck genommen hatte, »ist die Größe von Ynys Scaith. Vom Meer aus sah es wie eine vergleichbar kleine Insel aus. Doch jetzt sieht es nach einem großen Land aus, das weiter reicht, als das Auge blicken kann. Und seht!« Er deutete zu dem Hügel mit der einzelnen Kiefer darauf, der in beträchtlicher Entfernung deutlich zu sehen war, während seine nähere Umgebung nebelig und verschwommen wirkte. »Der Hügel scheint weiter von uns entfernt zu sein, als jemals zuvor. Für mich steht außer Frage, daß dieser Ort hier unter einem Zauber von kaum vorstellbarer Macht steht.«

»Aye«, stimmte der Vadhagh-Prinz zu. »Und ich habe das Gefühl, bisher haben wir die Macht dieses Zaubers kaum zu spüren bekommen.«

Nach diesen Worten stiegen sie wieder auf und folgten dem Weg durch die Hügel, bis nach einer Wegbiegung die Hügellandschaft plötzlich abbrach. Vor ihnen lag eine Ebene, die aus gehämmertem Kupfer zu bestehen schien. Das Sonnenlicht glitzerte heiß darauf. Weit entfernt, dort wo Corum den Mittelpunkt der Ebene vermutete, standen einige Gestalten. Ob es sich um Menschen oder Tiere handelte, konnte Corum nicht erkennen. Er lockerte Goffanons Geschenk in der Scheide und hielt die Hand am Schwertgriff, während Zaubermähne auf die Ebene hinaus trabte. Der Hufschlag dröhnte hell auf dem Metall.

Corum schirmte die Augen mit der Hand gegen das Glitzern des Kupfers ab. Angestrengt bemühte er sich, etwas deutlicher zu erkennen. Aber es dauerte längere Zeit, bevor er sicher sein konnte, daß die Gestalten vor ihnen tatsächlich Menschen waren. Und noch länger brauchte er, um zu erkennen, daß sie Mabden waren – Männer, Frauen und Kinder. Nur wenige der Gruppe standen aufrecht. Die meisten lagen bewegungslos auf dem gehämmerten Kupfer.

Ilbrec zügelte Zaubermähne, und das Pferd fiel in einen langsamen Schritt.

»Arteks Volk?« vermutete Ilbrec.

»Das könnten sie sein«, antwortete Corum. »Sie sehen seinen Leuten nicht unähnlich.«

Von dem Kampf mit den Drachen noch etwas erschöpft, stiegen die beiden ab und gingen das letzte Stück zu der Gruppe zu Fuß. Die Gestalten zeichneten sich jetzt überdeutlich gegen die kupferne Landschaft ab.

Als sie auf Hörweite heran kamen, drang leises Stöhnen, Weinen, Seufzen und Flüstern an ihre Ohren. Sie sahen, daß die Menschen alle nackt waren, und die Liegenden meist schon tot. Die, die standen, hatten rote, verbrannte Haut, und es war ein Wunder, daß sie sich überhaupt noch auf den Füßen halten konnten. Corum begann jetzt die Hitze des Kupfers durch seine Stiefelsohlen zu spüren. Schaudernd stellte er sich vor, was die barfüßigen Gestalten empfinden mußten. Diese Menschen konnten nicht freiwillig hier sein. Eine grausame, intelligente Macht mußte sie hier gefangen halten. Corum schluckte seinen Ärger mühsam herunter. Es war schwer, sich vorzustellen, was in den Gehirnen von Wesen vorging, die sich solche Quälereien ausdachten. Er bemerkte, daß viele der Männer und Frauen die Hände auf den Rücken gefesselt hatten. Trotzdem versuchten sie verzweifelt, die letzten überlebenden Kinder zu schützen.

Als die Mabden Corum und Ilbrec näher kommen sahen, starrten sie ihnen aus entzündeten Augen furchtsam entgegen. Aufgesprungene Lippen flehten lautlos.

»Wir sind nicht eure Feinde«, erklärte Corum. »Wir sind Freunde von Artek. Seid ihr die Menschen von Fyean?«

Ein Mann wandte sein zerschundenes Gesicht Corum zu. Seine Stimme klang wie das Raunen eines fernen Windes. »Das sind wir. Alles, was davon übrig ist.«

»Wer hat euch das angetan?«

»Die Insel. Ynys Scaith.«

»Wie kommt ihr in diese Ebene?«

»Habt Ihr die Zentauren nicht gesehen – und die riesigen Spinnen?«

Corum schüttelte den Kopf. »Wir kamen über die Brücke. Über den Abgrund, in dem die riesigen Reptile hausen.«

»Es gibt hier keinen Abgrund.«

Corum schwieg einen Moment, dann sagte er: »Für uns gab es einen.«

Er zog ein kleines Messer und trat vor, um dem Mann die Fesseln aufzuschneiden, aber der Alte wich furchtsam zurück.

»Wir sind Freunde«, wiederholte Corum. »Wir haben von Artek erfahren, was hier vorgefallen ist. Wir sind gekommen, weil wir Artek getroffen haben.«

»Artek ist in Sicherheit?« Die Frage kam von einer Frau. Man konnte ahnen, daß sie einmal jung und schön ausgesehen hatte. »Er ist in Sicherheit?« Sie stolperte auf Corum zu. Auch ihr waren die Hände auf dem Rücken zusammengebunden. Sie stürzte und richtete sich, vor Schmerz stöhnend, wieder in die Knie auf. »Artek?«

»Er ist in Sicherheit – und mit ihm über zwanzig andere aus eurem Volk.«

»Ah«, hauchte sie. »Oh, ich bin so froh . . .«

»Sein Weib«, erklärte der alte Mann, mit dem Corum zuerst gesprochen hatte. Doch Corum hatte das bereits geahnt. »Schickt Artek Euch, um uns zu retten?«

»Euch alle werden wir retten«, antwortete Corum. Es war eine Lüge, die er glücklich war, erzählen zu können. Diese Menschen starben. Es würde nicht mehr lange dauern, bis es mit dem letzten zu Ende gegangen war.

»Dazu ist es zu spät«, erwiderte Arteks Frau.

Corum bückte sich, ihr die Fesseln zu zerschneiden. Da erklang wieder die Stimme aus dem Nichts, die er schon in dem Wald gehört hatte.

»Befreie diese Frau nicht! Sie gehört uns!«

Corum blickte sich um, aber außer dem Flimmern der Luft über der Kupferebene war nichts zu erkennen.

»Ich werde sie befreien, und daran wird mich niemand hindern«, rief er. »Sie soll wenigstens mit freien Händen sterben.«

»Warum suchst du, uns zu erzürnen?«

»Ich will niemanden erzürnen. Ich bin Corum Llaw Ereint!« Er hielt seine silberne Hand hoch. »Ich bin der Ewige Held. Ich komme in Frieden nach Ynys Scaith. Ich will keinen Kampf mit den Bewohnern dieses Eilandes – aber ich werde nicht zulassen, daß diese Menschen hier weiter gequält werden.«

»Corum . . .«, setzte Ilbrec leise an und legte seine Hand an den Griff von Vergelter. »Ich glaube, wir stehen jetzt endlich dem Volk von Ynys Scaith gegenüber.«

Corum beachtete ihn nicht und löste die Fesseln von den verbrannten Händen der Frau.

»Corum . . .«

Methodisch schritt Corum die Reihen der Menschen von Fyean ab, bot ihnen seine Wasserflasche an und befreite die Gefesselten. Er achtete dabei auf nichts anderes.

»Corum!«

Ilbrecs Stimme wurde noch drängender, und als Corum sein Werk beendet hatte und aufsah, standen um Ilbrec und Zaubermähne schlanke, große Gestalten. Ihre Haut war faltig und von bräunlich gelber Farbe, das Haar dünn. Sie waren nur mit breiten Gürteln bekleidet, an denen große Schwerter hingen. Das Fleisch ihrer Lippen war so zurückgezogen, daß ihre Zähne freilagen. Ihre Wangen waren eingesunken, die Augen kaum noch in den Höhlen zu erkennen. Ihre Erscheinung erinnerte an vor langer Zeit mumifizierte Leichen. Wenn ihre Gesichter einen bestimmten Ausdruck hatten, Corum hätte ihn nicht deuten können. Er konnte nur dastehen und sie entsetzt ansehen.

Einer trug eine gezackte Krone, besetzt mit Saphieren und Rubinen. Die kostbaren Steine schienen mehr Leben zu enthalten als sein Gesicht und sein Körper. Weiße Augen starrten Corum an; gelbe Zähne knirschten, als das Wesen zu sprechen begann.

»Wir sind die Malibann, und diese Insel ist unsere Heimat. Wir haben das Recht, uns gegen Eindringlinge zu schützen.« Sein Akzent war fremdartig, aber seine Worte waren gut zu verstehen. »Wir sind sehr alt . . .«

Ilbrec nickte zustimmend und grinste sardonisch.

Der Führer der Malibann verstand Ilbrecs Grinsen sofort. Er reckte seinen mumifizierten Kopf. »Wir benutzen diese Körper nur selten«, sagte er wie zur Erklärung. »Seid versichert, daß wir sie selten nötig haben. Unser Stolz ist nicht unser physisches Aussehen, sondern die Macht unserer Zauberei.«

»Sie ist groß«, stimmte Ilbrec zu.

»Wir sind sehr alt«, fuhr der Gekrönte fort, »und unser Wissen ist groß. Wir können fast alles beherrschen, was wir zu beherrschen wünschen. Wir können die Sonne am Himmel still stehen lassen, wenn wir das wünschen.«

»Warum quält Ihr dann diese Menschen auf so jämmerliche Weise?« fragte Corum ihn. »So handeln keine Halbgötter!«

»Es ist unser Wille, jene zu bestrafen, die in unser Reich eindringen.«

»Sie haben Euch nicht bedroht. Widrige Winde haben sie an Euren Strand verschlagen.«

Während er das schreckliche, verwesende Gesicht des Malibann musterte, wurde Corum langsam bewußt, daß dieses Gesicht viele Gemeinsamkeiten mit dem eines Vadhagh besaß. Er fragte sich überrascht, ob er hier Vadhagh vor sich hatte, die vor Jahrtausenden verbannt worden waren. Waren das die Ureinwohner von Ynys Scaith?

»Wie sie hierher kamen – wie ihr hierher kamt –, ist für uns ohne Bedeutung. Ihr kamt – sie kamen. Ihr müßt bestraft werden.«

»Werden alle bestraft, die hier landen?« fragte Ilbrec nachdenklich.

»Fast alle«, erwiderte der Führer der Malibann. »Es hängt von dem Grund ab, wegen dem sie uns besuchen.«

»Wir sind gekommen, um mit Euch zu verhandeln«, sagte Corum. »Wir kommen, um Euch Hilfe anzubieten. Dafür wollen wir, daß Ihr uns in einem Krieg beisteht.«

»Was könnt ihr dem Malibann anbieten?«

»Die Flucht von dieser Ebene. Die Rückkehr in eine Welt, die besser für Euch geeignet ist.«

»Um diese Sache kümmert sich bereits jemand.«

Die Worte überraschten Corum. »Ihr habt bereits Helfer?«

»Die Malibann brauchen keine Helfer. Wir haben jemanden in unseren Dienst gestellt, der in unserem Auftrag handelt.«

»Jemanden aus dieser Welt?«

»Ja. Aber wir sind es nun müde geworden, uns mit solchen primitiven Geistern wie dir zu unterhalten. Zuerst muß dieser Schmutz fort.«

Die Augen des Malibann glühten in einem roten Feuer. Ein schriller, verzweifelter Aufschrei kam von den Menschen von Fyean. Dann waren sie alle verschwunden. Und mit ihnen verschwand auch die Ebene aus gehämmertem Kupfer.

Corum, Ilbrec und Zaubermähne standen jetzt in einer Halle, deren Dach teilweise eingestürzt war. Die Abendsonne sandte ihre Strahlen durch die Risse im Dach und in den Wänden. Ihr Licht spielte über verschimmelte Gobelins, bröckelnde Reliefe und verblaßte Wandmalerien.

»Wo sind wir hier?« wollte Corum von dem Malibann wissen, der im Schatten nahe der Wand stand.

Der Gekrönte lachte. »Du erkennst es nicht? Sonderbar, wo doch fast alle eure Abenteuer hier stattgefunden haben.«

»Was? In den Wänden dieser Halle?« Ilbrec starrte angewidert auf das herumliegende Gerümpel. »Wie ist so etwas möglich?«

»Wir, die Malibann, haben große Macht, und ich, Sactric, bin der Mächtigste von allen, deshalb bin ich Herrscher über das Imperium von Malibann . . .«

»Diese Insel? Ihr nennt sie ein Imperium?« Ilbrec lächelte ungläubig.

»Diese Insel ist der Mittelpunkt eines Imperiums, das eure großartigsten Reiche neben sich zu einem Lagerplatz von Höhlenwilden degradieren würde. Wenn wir in unsere Ebene zurückkehren – aus der wir durch eine üble List verbannt wurden –, werden wir dieses Reich zurückerobern, und Sactric wird darüber herrschen.«

»Wer hilft Euch, dieses Ziel zu erreichen?« fragte Corum noch einmal. »Einer der Fhoi Myore?«

»Die Fhoi Myore? Die Fhoi Myore sind kaum mehr als verrückte Tiere. Welche Hilfe könnten sie uns anbieten? Nein, wir haben einen klügeren Diener. Zur Zeit erwarten wir gerade seine Rückkehr. Vielleicht lassen wir euch noch lange genug leben, ihn zu treffen.«

Ilbrec murmelte Corum zu: »Die Sonne geht eben erst unter. Kann es sein, daß wir erst so kurze Zeit hier sind?«

Und Sactric lachte laut. »Sind zwei Monate eine kurze Zeit für euch?«

»Zwei Monate? Was wollt Ihr damit sagen?« Corum machte einen Schritt auf Sactric zu.

»Ich will damit nur sagen, daß die Zeit auf Ynys Scaith und die Zeit in eurer Welt mit unterschiedlicher Geschwindigkeit vergeht. Um es genauer zu sagen, Corum Llaw Ereint, du bist jetzt seit zwei Monaten hier.«

III

Ein Schiff steuert die Insel der Ruinen an

»Oh, Ilbrec«, rief Corum zu seinem Freund, »was ist inzwischen aus dem Krieg unserer Freunde gegen die Fhoi Myore geworden?«

Ilbrec wußte darauf nichts zu antworten. Stattdessen schüttelte er den Kopf und sagte: »Goffanon hatte recht. Wir waren Narren. Wir hätten niemals hierher kommen dürfen.«

»So haben wir dann endlich doch etwas gefunden, bei dem wir einer Meinung sein dürften«, bemerkte Sactrics trockene Stimme aus dem Schatten der Mauer. Die Juwelen in seiner Krone glitzerten, während er den Kopf bewegte. »Und nachdem wir so schön übereinstimmen, will ich euch noch eine Weile am Leben lassen. Mehr noch, ich gebe euch volle Bewegungsfreiheit auf der Insel, die ihr Ynys Scaith nennt.« Dann fügte er, als wäre die Sache ganz nebensächlich und ohne Bedeutung, hinzu: »Ihr kennt jemanden mit Namen Goffanon?«

»So ist es«, antwortete Ilbrec. »Er warnte uns davor, hierher zu kommen.«

»Ein kluger Mann, dieser Goffanon, scheint es.«

»Aye. Es scheint so«, bestätigte Corum. Er war noch immer so wütend und verwirrt, daß er sich am liebsten auf Sactric gestürzt hätte, obwohl er wußte, daß sein Schwert dem längst toten Körper nicht viel anhaben konnte. »Ihr habt seine Bekanntschaft gemacht?«

»Er hat uns einmal besucht. Nun müssen wir uns noch um euer Pferd kümmern.« Sactrics Augen glühten wieder rot auf, als er eine Geste in Richtung auf Zaubermähne machte.

Ilbrec schrie und rannte zu seinem Roß, aber Zaubermähnes Augen waren schon starr und glasig geworden. Das Pferd konnte sich nicht mehr von der Stelle rühren. Es war wie festgefroren.

»Es ist ihm nichts passiert«, erklärte Sactric. »Es ist uns zu wertvoll. Wenn ihr tot seid, werden wir es für unsere Zwecke benutzen.«

»Wenn er euch läßt«, murmelte Ilbrec grimmig in seinen Bart.

Dann zogen die Malibann sich noch tiefer in die Schatten zurück und waren verschwunden.

Verzweifelt kletterten die beiden Helden hinaus in das verblassende Abendlicht. Jetzt sahen sie die Insel, wie sie wirklich aussah. Außer dem Hügel mit der Kiefer, an dessen Fuß sie standen, war das Eiland eine Wüste, bedeckt von Strandgut, Unrat und verrottenden Steinen, Pflanzen und Knochen. Hier lagen die Überreste aller Schiffe, die jemals auf Ynys Scaith gelandet waren. Und hier lagen auch die Überreste ihrer Fracht und ihrer Besatzungen. Verrostete Rüstungen und Waffen fanden sich überall verstreut. Die gelben Knochen ihrer ehemaligen Besitzer sprachen eine eindeutige Sprache. Einige Skelette waren noch vollständig, andere lagen zerschmettert und verstreut. Gelegentlich stießen Corum und Ilbrec auf einen Berg aufgeschichteter Schädel oder übereinander geworfener Rippenkästen. Über allem lag ein süßlicher Verwesungsgeruch, dessen Intensität sich ständig mit der Richtung des beißenden Windes veränderte. Selbst Juwelen, die einmal die Waffen geschmückt hatten, waren ohne Glanz, sahen krank und verfault aus. Graue Asche wehte wie eine ewig an- und abschwellende Flut über die Szenerie. Nirgendwo gab es Anzeichen für Leben. Nicht einmal Raben, die sich um die frischeren Leichen kümmerten, bei denen noch Fleisch an den Knochen hing.

»Irgendwie hat mir das Trugbild der Malibann doch besser gefallen«, meinte Ilbrec. »Auch wenn es auf seine Art schreckenerregend war, und wir darin fast umgekommen wären.«

»Die Wirklichkeit ist in mancher Beziehung viel schrecklicher«, murmelte Corum. Er zog sich den Mantel enger um die Schultern, während er neben Ilbrec durch die Geröllwüste stolperte. Die Nacht brach herein, und Corum fand wenig Freude bei dem Gedanken, die Nacht hier verbringen zu müssen, von der ständigen Gegenwart des Todes umgeben.

Ilbrecs Augen schienen in dem schnell dunkler werdenden Zwielicht etwas entdeckt zu haben. Der Riese blieb stehen, änderte seine Richtung leicht und kämpfte sich durch den Unrat zu einem umgestürzten Streitwagen, an dessen Deichsel noch die Knochen eines Pferdes hingen. Er griff in den Streitwagen, und das Skelett des Fahrers fiel mit klappernden Knochen heraus. Ohne sich weiter darum zu kümmern, richtete Ilbrec sich wieder auf. In seiner Hand hielt er etwas Verstaubtes und Formloses. Er runzelte die Stirn.

»Was habt Ihr gefunden, Ilbrec?« fragte Corum, der seinen Gefährten inzwischen wieder eingeholt hatte.

»Ich bin mir nicht sicher, Freund Vadhagh.«

Corum inspizierte Ilbrecs Entdeckung. Es war ein alter Sattel aus brüchigem Leder. Seine Riemen schienen nicht stark genug zu sein, ihn auf dem schwächsten Pferd zu halten. Die Schnallen waren stumpf, verrostet, und fielen fast ab. Alles in allem war es für Corum eine völlig unnütze Entdeckung; die wertloseste, die er sich vorstellen konnte.

»Ein alter Sattel . . .«

»Genau das.«

»Zaubermähne hat einen guten eigenen Sattel. Abgesehen davon, würde der hier auch gar nicht passen. Er ist für ein sterbliches Pferd gemacht.«

Ilbrec nickte. »Wie Ihr sagt. Er würde nicht passen.« Aber er behielt den Sattel in der Hand, als sie ihren Weg zum Strand hinunter fortsetzten. Dort fanden sie einen Platz, der einigermaßen frei von dem verstreuten Unrat war. Sie ließen sich nieder, um ihr Nachtlager aufzuschlagen. Es blieb ihnen sonst nichts zu tun.

Aber bevor er sich zum Schlafen niederlegte, saß Ilbrec mit gekreuzten Beinen vor dem alten Sattel. Er nahm ihn immer wieder in die Hand und drehte ihn nachdenklich hin und her. Und Corum hörte ihn murmeln:

»Sind wir alles, was übrig geblieben ist, wir zwei? Sind wir die letzten?«

*

Dann dämmerte der Morgen.

Zuerst war das Wasser weiß und weit. Langsam wurde es scharlachrot, als würde ein riesiges Seeungeheuer unter der Oberfläche sein Lebensblut verströmen. Die Farben pulsierten, als die rote Sonne sich über den Horizont erhob, und der Himmel sich mit tiefem Gelb, wässerigem Purpur und einem reichen Orange überzog.

Die Großartigkeit des Sonnenaufganges machte den Unterschied zwischen der stillen Schönheit des Ozeans und der Insel, die er umgab, noch krasser. Denn die Insel sah wie ein Platz aus, wohin alle Zivilisationen der Welt ihre Abfälle gesandt hatten, ein riesiger Misthaufen. Das war Ynys Scaith ohne all seinen Zauber. Das war, was Sactric das Imperium der Malibann genannt hatte.

Die zwei Männer erhoben sich langsam und streckten sich. Ihre Glieder schmerzten. Ihr Schlaf war nicht sehr friedlich gewesen. Corum bewegte zuerst die Finger seiner künstlichen silbernen Hand und dann die seiner Hand aus Fleisch und Blut, die so taub geworden war, daß er sie kaum noch von der metallenen unterscheiden konnte. Stöhnend reckte er seinen Rücken, dankbar für den frischen Seewind, der für den Augenblick den Verwesungsgestank vertrieb. Er rieb an seiner leeren Augenhöhle unter der bestickten Augenklappe. Sie schien etwas entzündet zu sein. Deshalb schlug er die Augenklappe zurück, um Luft darankommen zu lassen. Unter normalen Umständen ersparte er sich und anderen die häßliche, weiße Narbe zu entblößen. Ilbrec hatte seine goldenen Zöpfe gelöst und kämmte sein Haar. Dann flocht er wieder die mit metallenen Schnüren verstärkten Zöpfe hinein. Sie waren der einzige Schutz für seinen Kopf, denn sein Stolz war es, immer ohne einen Helm auf dem blonden Schopf zu kämpfen.

Anschließend gingen die beiden Männer bis an den Rand der Brandung und wuschen sich, so gut sie konnten, in dem salzigen Wasser. Das Wasser war kalt. Corum kam nicht darum herum, sich die Frage zu stellen, ob es bald zu Eis gefrieren würde. Hatten die Fhoi Myore sich jetzt endgültig die Welt unterworfen? War Bro-an-Mabden von Küste zu Küste nun nichts mehr als eine tote Eiswüste?

»Dort!« rief Ilbrec. »Könnt Ihr es sehen, Corum?«

Der Vadhagh-Prinz hob den Kopf, aber konnte am Horizont nichts auffälliges entdecken.

»Was habt Ihr gesehen, Ilbrec?«

»Ich kann es noch immer sehen – ein Segel. Ich bin ganz sicher. Es kommt aus der Richtung von Bro-an-Mabden.«

»Ich will nicht annehmen, daß es Freunde sind, die zu unserer Rettung diese Insel ansteuern«, sagte Corum elend. »Ich möchte nicht, daß noch andere in diese Falle geraten.«

»Vielleicht waren die Mabden vor Caer Llud siegreich«, erwiderte Ilbrec. »Vielleicht sehen wir hier das erste einer Flotte von Schiffen, die mit Amergins ganzer Magie gerüstet sind.«

Aber Ilbrecs Worte klangen hohl, und Corum konnte keine echte Hoffnung empfinden. »Wenn es wirklich ein Schiff ist«, sagte er, »was Ihr da seht, dann fürchte ich, bringt es nur weiteres Verderben für uns und alle, die wir lieben.« Und nun glaubte er ebenfalls, ein dunkles Segel am Horizont zu erkennen. Ein Schiff näherte sich mit beachtlicher Geschwindigkeit.

»Und dort«, Ilbrec wies wieder auf das Meer, »ist das nicht ein zweites Segel?«

Einen Augenblick glaubte Corum, auch das zweite Segel zu sehen, aber dann war nichts mehr zu erkennen, und Corum nahm an, daß die Lichtreflexe auf dem Wasser ihnen einen Streich gespielt hatten.

Bestürzt erwarteten sie die Ankunft des Schiffes. Es hatte einen hohen, geschwungenen Bug, den die Figur eines springenden Löwen schmückte. Silber, Gold und Perlmutt schimmerten auf der Galeonsfigur. Das Schiff wurde nur vom Wind vorangetrieben. Ein großes schwarz-rotes Segel blähte sich vor dem Mast. Bald konnte es keinen Zweifel mehr geben, daß dieses Schiff direkt Ynys Scaith anlief. Ilbrec und Corum begannen zu rufen und zu winken, um die Neuankömmlinge zu warnen. Aber das Schiff blieb auf seinem Kurs. Sie sahen, wie es um eine Landzunge segelte und damit ihren Blicken entschwand. Offensichtlich wollte es in der dahinter gelegenen Bucht vor Anker gehen. Ohne große Umstände griff Ilbrec nach Corum und setzte sich den Vadhagh auf die Schulter. Dann stürmte er über den Strand in Richtung des mutmaßlichen Ankerplatzes. Trotz des überall verstreuten Unrats kam Ilbrec mit seinen riesigen Schritten rasch voran. Und schließlich stand er keuchend in einem natürlichen Hafen, den eine schmale Bucht der Insel bildete. Sie kamen rechtzeitig, um mitzuerleben, wie vom Schiff ein Boot zu Wasser gelassen wurde. Das Segel war inzwischen eingerollt.

In dem Boot konnten sie drei Gestalten erkennen, aber nur eine, in dicke Felle gehüllt, legte sich in die Riemen. Die anderen beiden saßen am Bug und am Heck. Auch sie trugen schwere Kapuzenmäntel.

Bevor die drei Männer an Land gehen konnten, sprangen Ilbrec und Corum ins Wasser. Sie wateten ihnen entgegen, bis ihnen das Wasser zu den Hüften reichte, und schrien so laut sie konnten.

»Kehrt um! Kehrt um! Dies ist ein Land des Todes!« rief Ilbrec.

»Dies ist Ynys Scaith, die Insel der Schatten. Alle Sterblichen, die hier landen, sind dem Tod geweiht!« warnte Corum.

Aber die stämmige Gestalt in den Fellen ruderte weiter, und ihre Begleiter unternahmen nichts, was darauf schließen ließ, daß sie die Warnungen gehört oder verstanden hatten. Corum fragte sich, ob sie vielleicht schon unter dem Zauber der Malibann standen.

Als das Boot heran war, hielt sich Corum am Bootsrand fest, während Ilbrec mit seinem riesigen Körper vor dem Boot aufragte, als sei er leibhaftig der Meeresgott, zu dem sein Vater in den Sagen der Mabden geworden war.

»Ihr seid in Gefahr«, donnerte Ilbrec. »Könnt ihr mich nicht verstehen?«

»Ich fürchte, sie können es nicht«, rief Corum. »Sie stehen bereits unter einem Zauber, wie wir ihn auch erlebt haben.«

Da schlug die Gestalt am Bug ihre Kapuze zurück und lächelte. »Wir stehen unter keinem Zauber, Corum Jhaelen Irsei. Das wäre auch äußerst unwahrscheinlich. Erkennt Ihr uns nicht?«

Corum kannte dieses Gesicht gut. Er kannte die alten, schönen Gesichtszüge, eingerahmt von langen, grauen Locken und einem dichten, grauen Bart. Er kannte die harten, blauen Augen, die kräftigen, geschwungenen Lippen, den goldenen, mit Juwelen besetzten Halsreif und die dazu passenden Fingerringe. Er kannte die warme, milde Stimme voller Weisheit; einer Weisheit, die mit einem erheblichen Aufwand an Zeit und mentalen Energien gewonnen worden war. Er kannte den Zauberer Calatin, den er zum erstenmal im Wald von Laahr getroffen hatte, als er auf der Suche nach dem Speer Bryionak gewesen war. Das war in einer glücklicheren Zeit gewesen, die jetzt schon so lange zurück zu liegen schien.

Und im selben Augenblick als Corum seinen alten Feind Calatin wiedererkannte, rief Ilbrec mit erschreckter Stimme:

»Goffanon! Goffanon!«

Denn die Gestalt am Ruder war zweifellos kein anderer als der Sidhi-Zwerg, Goffanon von Hy-Breasail. Seine Augen hatten einen glasigen Ausdruck, und sein Gesicht war leer, aber er antwortete. Er sagte:

»Goffanon ist wieder Calatins Diener.«

»Er hat dich wieder in seiner Gewalt! Oh, ich wußte, daß uns diese Segel nichts Gutes bringen würden.«

Doch Corum beruhigte sich und wiederholte drängend: »Selbst Ihr, Calatin, könnt auf Ynys Scaith nicht überleben. Die Wesen, die hier hausen, können tödliche Illusionen senden, denen niemand widerstehen kann. Laß uns alle zu Eurem Schiff zurückkehren und von hier fortsegeln.«

Calatin schaute sich um. Er blickte zu der dritten Gestalt in dem Boot, die ihr Gesicht noch immer sorgfältig unter der Kapuze ihres Mantels verbarg. »Ich kann nichts gegen diese Insel sagen«, stellte er fest.

»Das ist nur, weil Ihr sie nicht seht, wie sie wirklich ist«, beharrte Corum. »Schlagt uns einen Handel vor, Calatin! Was wollt Ihr dafür, daß Ihr uns mit auf Euer Schiff nehmt?«

Calatin schüttelte den Kopf und strich sich durch seinen grauen Bart. »Nichts. Ich bin die Seefahrerei müde. Schiffsreisen sind mir noch nie besonders bekommen. Wir gehen an Land.«

»Ich warne Euch, Zauberer«, knurrte Ilbrec. »In dem Augenblick, wo Ihr auch nur einen Fuß auf diese Insel setzt, seid Ihr verloren wie all Eure unglücklichen Vorgänger.«

»Wir werden ja sehen. Goffanon, zieh das Boot ein Stück auf den Strand, damit ich beim Aussteigen keine nassen Füße bekomme.«

Gehorsam stieg Goffanon aus dem Boot und zog es den Strand hinauf, während Corum und Ilbrec hilflos zusahen.

Dann sprang Calatin elegant in den grauen Sand und sah sich um. Er atmete tief die vergiftete Luft und schnippte mit den Fingern, woraufhin sich die Gestalt am Heck des Bootes erhob und sich Calatin und Goffanon anschloß. Der dritte Ankömmling war auch jetzt unter seinem Kapuzenmantel nicht zu erkennen.

Für einen Augenblick standen sie sich schweigend gegenüber, das Boot zwischen sich.

»Ich hoffe, daß ihr Flüchtlinge seid«, setzte Ilbrec dann an. »Geflohen nach dem Sieg der Mabden über die Fhoi Myore.«

Und Calatin lächelte und bedeckte seine Lippen mit seiner juwelengeschmückten Hand.

»Sind Eure Fhoi Myore Herren alle tot . . .?« fragte Corum agressiv, aber ohne viel Überzeugung.

»Die Fhoi Myore waren nie meine Herren, Corum«, erwiderte Calatin freundlich. »Sie sind manchmal meine Verbündeten. Wir arbeiten zusammen, wo es zu unserem gegenseitigen Vorteil ist.«

»Ihr redet, als wären sie noch am Leben.«

»Das sind sie, aye. Sie leben, Corum.« Calatin sprach diese Worte mit seiner gewohnten sanften, beherrschten Stimme, aber in seinen blauen Augen stand ein böses Vergnügen. »Und sie triumphieren. Sie haben allen Grund dazu. Sie haben Caer Llud gehalten und verfolgen jetzt die Überreste des Mabden-Heeres. Ich fürchte, bald werden alle Mabden tot sein.«

»Also haben wir vor Caer Llud nicht gewonnen?«

»Hattet Ihr das etwa erwartet? Soll ich Euch von denen berichten, die dort gefallen sind?«

Corum schüttelte den Kopf, wandte sich ab und meinte dann doch stöhnend: »Also gut, Zauberer, wer starb?«

»König Mannach starb. Jemand trieb ihm seine eigene Kriegsfahne in den Leib. Ihr kennt König Mannach, nehme ich an?«

»Ich kenne ihn. Ich werde ihn nicht vergessen.«

»Und König Fiachadh? Ist das auch ein Freund von Euch?«

»Was ist mit König Fiachadh?«

»Soweit ich verstanden habe, war er für einige Stunden der Gefangene meiner Lady Goim.«

»Von Goim?« Corum schauderte. Er erinnerte sich der furchtbaren Berichte, die er über den grausamen Appetit der weiblichen Fhoi Myore gehört hatte. »Und sein Sohn, Jung Fean?«

»Ich glaube, er teilte das Los seines Vaters.«

»Was ist mit den anderen?« flüsterte Corum.

»Oh, es waren viele. Die Helden der Mabden.«

Goffanon berichtete mit abwesender, unnatürlicher Stimme: »Den Baumschwinger, Phadrac, rissen die Hunde des Kerenos in Stücke; genauso erging es Fionha und Cahleen, den kriegerischen Schwestern . . .«

»Und von den Fünf Rittern von Eralskee blieb nur der jüngste am Leben, wenn die Kälte ihn nicht inzwischen umgebracht hat. Er floh zu Pferd, verfolgt von Prinz Gaynor und seinen grünen Kriegern«, ergänzte Calatin genüßlich. »Und König Daffyn verlor beide Beine und erfror keine ganze Meile von Caer Llud entfernt – diese Meile ist er auf dem Bauch gekrochen. Wir sahen seine Leiche auf dem Weg hierher. Und König Khonun von den Tuha-na-Anu fanden wir keine zehn Schritte von ihm entfernt an einem Baum hängen. Die Goolegh hingen ihn wohl dort hin. Und kennt Ihr einen, den sie Kernyn, den Zerlumpten, nennen, einen Mann, von eigenartigen Gewohnheiten und mit einem einzigartigen Gewand?«

»Ich kenne Kernyn, den Zerlumpten«, bestätigte Corum.

»Mit einer Gruppe Krieger unter seiner Führung wurde Kernyn vom Auge meines Lord Balahr entdeckt. Er erstarrte zu Eis, bevor er auch nur zu einem einzigen Streich kam.«

»Wer noch?«

»König Ghachbes wurde erschlagen, und Grynion, der Bullenreiter, und Clar von hinter dem Westen, und der rote Fuchs Meyahn, und die beiden Shamane, der Kleine und der Große, und Uther aus dem Traurigen Tal. Dazu wurde eine große Zahl von Kriegern aus allen Stämmen der Mabden erschlagen. Und Pwyll Rückenbrecher wurde schwer verwundet, wahrscheinlich tödlich. Das gleiche gilt für Meister Dylann, Sheonan, die Axtfrau, und vielleicht auch Morkyan von den beiden Lächeln . . .«

»Das reicht«, unterbrach Corum. »Sind keine Mabden mehr am Leben?«

»Zum jetzigen Zeitpunkt kann man wohl davon ausgehen, auch wenn ich nicht weiß, was nach unserer Abreise geschehen ist. Die Überlebenden hatten kaum noch zu Essen und flohen nach Craig Dôn, wo sie mit Sicherheit vor den Fhoi Myore geschützt sind. Aber dort werden sie verhungern. Sie werden in ihrer heiligsten Stätte sterben. Vielleicht ist das alles, was sie wollten. Sie wissen, daß ihre Zeit auf dieser Welt abgelaufen ist.«

»Aber Ihr seid selber ein Mabden«, wandte Ilbrec ein. »Ihr sprecht von dieser Rasse, als wäre sie nicht Eure eigene.«

»Ich bin Calatin«, sagte der Zauberer, als müsse er einem Kind etwas erklären. »Ich habe keine Rasse, zu der ich gehöre. Einmal habe ich eine Familie besessen, das war alles. Und diese Familie gibt es auch längst nicht mehr.«

»Von Euch selbst in den Tod geschickt«, knurrte Corum wütend.

»Es waren Söhne, die ihre Pflicht erfüllten, wenn Ihr das meint.« Calatin lachte hell. »Aber ich habe keine natürlichen Erben mehr, das ist wahr.«

»Und obowohl Ihr selbst keine Nachkommen habt, seht Ihr ruhig mit an, wie Eure Rasse stirbt?«

»Vielleicht ist das sogar mein Motiv für das, was ich getan

habe«, stimmte Calatin gleichgültig zu. »Ein Unsterblicher braucht schließlich keine Erben, oder?«

»Ihr seid unsterblich?«

»Das will ich hoffen.«

»Wie habt Ihr diese Unsterblichkeit erlangt?« fragte Corum ihn.

»Wie ich bisher alles erreicht habe. Ihr kennt meine Art. Ich suche mir die richtigen Verbündeten und setze meine eigenen Fähigkeiten klug ein.«

»Und das ist der Grund für Euren Besuch auf Ynys Scaith? Ihr hofft, hier weitere Verbündete zu finden? Noch schmächlichere Verbündete als die Fhoi Myore?« wollte Ilbrec wissen und legte eine Hand an den Griff seines Schwertes. »Nun, ich sollte Euch warnen. Die Malibann brauchen niemanden wie Euch und werden mit Euch verfahren, wie sie es mit uns getan haben. Wir konnten sie nicht überzeugen, auf ein Bündnis mit uns einzugehen.«

»Das überrascht mich nicht.« Calatins Stimme klang noch immer gleichgültig.

»Sie werden Euch vernichten, wie sie uns vernichten werden«, bemerkte Corum mit einer gewissen, grimmigen Befriedigung.

»Das glaube ich nicht.«

»Warum nicht?« Ilbrec starrte den Zauberer an, der seinen alten Freund Goffanon in der Gewalt hatte.

»Weil dies keineswegs mein erster Besuch auf Ynys Scaith ist.« Er deutete auf die verhüllte Gestalt zu seiner Rechten. »Ihr sagtet, ich hätte keinen Erben. Aber hier auf Ynys Scaith wurde mit Hilfe der Malibann mein Sohn geboren. Ich denke gerne von ihm als meinem Sohn. Und auf Ynys Scaith habe ich auch viele neue Kräfte zu meistern gelernt.«

»Dann seid Ihr das!« rief Ilbrec. »Ihr seid der Verbündete der Fhoi Myore – der Diener, den sie erwähnten.«

»Ich denke, damit werde ich wohl gemeint gewesen sein.«

Calatins Lächeln wurde so selbstzufrieden, daß Corum sein Schwert zog und auf ihn zurannte. Doch Goffanon schlug ihm die flache Seite seiner Axt vor den Brustharnisch, so daß der

Vadhagh-Prinz hilflos in den Sand stürzte, während Calatin in höhnischer Verzweifelung seinen Kopf schüttelte und meinte:

»Ärgert Euch besser über Euch selbst, Prinz Corum von der Silbernen Hand. Ihr ward schlecht beraten und habt es nicht bemerkt. Vielleicht wäre die Schlacht nicht so böse für die Mabden ausgegangen, wenn Ihr sie vor Caer Llud geführt hättet . . .«

Corum richtete sich langsam auf und wollte nach seinem Schwert greifen, daß einige Fuß von ihm entfernt lag. Aber Goffanon stieß das Schwert mit seiner Axt aus Corums Reichweite.

»Prinz Corum«, sagte Calatin. »Ihr solltet wissen, daß die überlebenden Mabden Euch die Schuld für ihre Niederlage geben. Sie nennen Euch einen Verräter. Sie glauben, daß Ihr auf die Seite der Fhoi Myore übergelaufen seid und gegen Euer Volk gekämpft habt.«

»Wie können sie so etwas glauben? Nun erkenne ich Eure Lügen, Calatin. Ich war die ganze Zeit hier auf der Insel. Welchen Grund hätten die Mabden, mich für einen Verräter zu halten?«

Calatin lachte leise. »Sie haben gute Gründe, Prinz Corum.«

»Dann hat jemand einen Zauber über sie geworfen. Eine Eurer Illusionen!«

»Oh, Ihr tut mir zu viel der Ehre an, Prinz Corum.«

»Jhary-a-Conel – war er nicht dort?«

»Klein-Jhary schloß sich mir eine Zeitlang an, als er erkannte, wie schlecht die Schlacht für die Mabden ausgehen würde. Dann verschwand er. Zweifellos schämte er sich dieses Entschlusses, obwohl ich ihn für recht klug hielt.«

Da begann Corum zu schluchzen. Und seine Verzweiflung wurde noch gesteigert, weil sein Feind Calatin Zeuge seines Elendes sein konnte.

Und als Corum weinte, ertönte von irgendwo her eine Stimme. Es war Sactrics tote, trockene Stimme, und sie hatte einen leicht ungeduldigen Unterton.

»Calatin. Bringe diese Gesellschaft in den großen Palast. Wir sind gespannt, zu sehen, was du uns mitgebracht hast, und ob du unsere Abmachung einhalten konntest.«

IV

Auf einem Hügel wird um das Schicksal der Welt gefeilscht

Der große Palast war längst kein Palast mehr, sondern nur der Ort, an dem dieser Palast sich einmal erhoben hatte. Die große Kiefer auf der Spitze von Ynys Scaiths einzigem Hügel hatte einmal im Mittelpunkt dieses Palastes gestanden, an den jetzt nur noch einige Mauerreste erinnerten.

Die Sterblichen und die Sidhi ließen sich auf grasüberwucherten Steinblöcken nieder, während Sactrics mumifizierter Körper sich dort aufbaute, wo nach seiner eigenen Aussage einst der große Thron gestanden hatte. Ein Thron, der aus einem einzigen, riesigen Rubin geschnitten worden war, erklärte Sactric. Aber niemand glaubte ihm das.

»Ihr werdet sehen, Kaiser Sactric«, begann Calatin, »daß ich auch den letzten Teil unserer Abmachung erfüllt habe. Ich habe Euch Goffanon gebracht.«

Sactric musterte das ausdruckslose Gesicht des Sidhi-Zwerges. »Diese Kreatur sieht tatsächlich jener ähnlich, die ich wiedersehen wollte«, gab er zu. »Und er steht völlig unter deinem Zauber?«

»Völlig.« Calatin schüttelte die kleine Lederflasche in der Faust, die Corum selbst dem Zauberer verschafft hatte. Es war die Flasche, die Corum Calatin gegeben hatte, und mit der es dem Zauberer möglich geworden war, den Sidhi-Schmied zu beherrschen. Der Anblick der Flasche erfüllt Corum mit noch mehr Haß gegen Calatin, aber auch sein Haß auf sich selbst nahm noch zu. Stöhnend verbarg er das Gesicht in den Händen. Ilbrec räusperte sich und murmelte tröstende Worte, aber Corum hörte nicht zu.

»Dann gib mir die Flasche.« Die verweste Hand streckte sich Calatin entgegen, aber der Zauberer schob die Flasche schnell zurück unter seinen Mantel und lächelte. »Diese Zauber muß freiwillig übertragen werden, sonst verliert er seine Macht über Goffanon, wie Ihr sicher wißt. Ich muß erst sicher sein, daß Ihr Euren Teil unserer Abmachung auch eingehalten habt, Sactric.«

Sactric erwiderte hart: »Wir geben selten jemandem unser Wort, wir von den Malibann. Aber wenn wir es geben, müssen wir es auch halten. Ihr habt unsere Hilfe verlangt, um die Reste der Mabden zu vernichten und die Fhoi Myore in einer Illusion zu fangen, aus der sie nie mehr entkommen können, so daß diese ganze Welt allein Euch gehört. Ihr habt uns dafür Goffanon versprochen, und uns zugesagt, ein Tor zu öffnen, durch das wir diese Welt verlassen können. Nun, Ihr habt Goffanon hierher gebracht, und das ist gut so. Wir müssen darauf vertrauen, daß Ihr auch die Macht habt, uns beim Verlassen dieser Ebene zu helfen. Wenn Ihr dabei keinen Erfolg haben werdet, erhaltet Ihr selbstverständlich Eure Strafe. Das wißt Ihr.«

»Ich weiß, Kaiser.«

»Dann gib mir endlich die Flasche.«

Calatin schien sich nur schwer entschließen zu können. Aber er zog die Flasche widerstrebend erneut hervor und legte sie dann zögernd in Sactrics Hand. Der Malibann stieß einen Triumphschrei aus.

»Nun, Goffanon, höre deinem Herrn Calatin genau zu!« Die Freunde des Zwerges sahen der Sache mit elendem Gesichtsausdruck zu. »Du hast jetzt einen neuen Herrn. Es ist dieser große Mann, dieser Kaiser, Sactric von Malibann.« Calatin trat zu Goffanon und nahm dessen Kopf in die juwelengeschmückten Hände. Er drehte den Kopf so, daß Goffanon direkt auf Sactric sah. »Sactric ist jetzt dein Herr, und du wirst ihm gehorchen, wie du mir gehorcht hast.«

Goffanons Antwort klang schleppend wie das Gerede eines Schwachsinnigen. Aber sie verstanden seine Worte:

»Sactric ist jetzt mein Herr. Ich werde ihm gehorchen, wie ich Calatin gehorcht habe.«

»Gut.« Calatin trat von Goffanon zurück. Der Zauberer wirkte von seinem eigenen Erfolg beeindruckt, als mache ihn Goffanons Gehorsam noch selbstsicherer. »Und nun, Kaiser Sactric, wie habt Ihr vor, mir diese beiden Feinde hier vom Hals zu schaffen?« Er deutete auf Corum und Ilbrec. »Würdet Ihr erlauben, daß ich einen Vorschlag mache . . .?«

»Ich bin mir gar nicht sicher, ob ich sie schon jetzt beseitigen will«, erwiderte Sactric. »Man muß das Vieh nicht schlachten, bevor man es zum Essen braucht.«

Corum sah, wie Ilbrec bei dieser Bemerkung Sactrics leicht erbleichte, und auch er selbst fühlte sich durch diese Worte nicht sehr erbaut. Verzweifelt sann er über einen Weg nach, Sactric in ihre Gewalt zu bekommen. Aber er wußte, daß Sactrics Geist diesen mumifizierten Körper jederzeit verlassen konnte. Es blieb für Corum und Ilbrec wenig mehr zu tun, als zu beten, daß Calatin seinen Wunsch nicht allzu bald erfüllt bekam.

Calatin zuckte die Achseln. »Nun, über kurz oder lang müssen sie sterben. Besonders Corum . . .«

»Ich will darüber nicht mehr sprechen, bevor ich Goffanon nicht geprüft habe.« Sactric wandte seine Aufmerksamkeit wieder dem Sidhi-Schmied zu. »Goffanon. Erinnerst du dich an mich?«

»Ich erinnere mich. Ihr seid Sactric. Ihr seid mein Herr«, brummte der Zwerg. Corum stöhnte darüber, die Erniedrigung seines Freundes vor seinen Augen mitansehen zu müssen.

»Und erinnerst du dich daran, daß du schon einmal hier auf dieser Insel warst, die du Ynys Scaith nennst?«

»Ich war schon einmal auf Ynys Scaith.« Der Zwerg schloß die Augen und flüsterte mehr zu sich selbst. »Ich erinnere mich. Die Schrecken . . . das Grauen . . .«

»Aber du hast Ynys Scaith wieder verlassen. Irgendwie wurdest du mit allen Illusionen fertig und verschwandest . . .«

»Ich entkam.«

»Aber du nahmst etwas mit. Du benutztest es, um dich zu schützen, bevor du entkommen konntest. Was ist daraus geworden?«

»Ich habe es versteckt«, sagte Goffanon. »Ich wollte es nicht sehen müssen.«

»Wo hast du es versteckt, Zwerg?«

»Ich habe es versteckt.« Auf Goffanons Gesicht lag jetzt ein schwachsinniges Grinsen. »Ich habe es versteckt, Lord Sactric.«

»Diese Sache, die du gestohlen hast, gehört mir, wie du weißt. Und ich muß es zurückbekommen. Ich muß sie haben, bevor wir diese Ebene verlassen. Ich werde nicht ohne sie von hier fortgehen. Wo hast du sie versteckt, Goffanon?«

»Herr, ich kann mich nicht erinnern.«

In Sactrics Stimme lag jetzt Wut, ja fast Verzweiflung. »Du mußt dich erinnern!« Sactric fuhr herum und streckte den Finger aus, von dem bei jeder Bewegung Hautfetzen rieselten. »Calatin! Hast du mich angelogen?«

Calatin wirkte aufs äußerste beunruhigt. Seine Selbstzufriedenheit war gespannter Aufmerksamkeit gewichen. »Ich schwöre es Euch, Eure Majestät. Er muß es wissen. Selbst wenn er es irgendwo in seinem Gedächtnis vergraben hat, das Wissen muß da sein.«

Sactric griff nun mit seiner klauenartigen Hand nach Goffanons Schulter und schüttelte den Zwerg. »Wo ist sie, Goffanon? Wo ist das, was du uns gestohlen hast?«

»Vergraben . . .«, erwiderte Goffanon vage. »Ich begrub es irgendwo. Ich brachte es in Sicherheit. Ein Zauber wurde darüber gesprochen, der dafür sorgt, daß es niemals mehr gefunden werden kann, auch nicht von mir selber . . .«

»Ein Zauber? Was für ein Zauber?«

»Ein Zauber . . .«

»Sprich genauer, Sklave!« Sactrics Stimme war schrill und zitterte. »Was hast du mit . . . Was hast du mit dem gemacht, was du mir gestohlen hast?«

Corum begriff, daß der Herrscher der Malibann nicht wollte, daß andere erfuhren, worum es sich bei Goffanons Diebstahl handelte. Und es begann dem Vadhag-Prinzen zu dämmern, daß hier vielleicht der Schlüssel zu einer Schwäche des anscheinend unverwundbaren Zauberers lag.

Wieder war Goffanons Antwort nur vage. »Ich nahm es fort, Herr. Sie . . .«

»Schweig!« Sactric wirbelte wieder zu Calatin herum. Der Mabden-Zauberer sah elend aus. »Calatin, gegen dein Wort, daß du mir Goffanon auslieferst, half ich dir den Karach zu erschaffen. Ich habe dir geholfen, ihn mit Leben zu erfüllen, wie du es verlangtest. Aber jetzt muß ich erkennen, daß du mich betrogen hast . . .«

»Ich schwöre Euch, Lord Sactric, daß ich das nicht getan habe. Ich begreife selbst nicht, warum der Zwerg nicht in der Lage ist, Eure Fragen zu beantworten. Er müßte Euch jede Auskunft geben, ohne zu zögern . . .«

»Dann hast du nicht nur mich betrogen, sondern auch dich selbst. Irgend etwas im Gehirn des Sidhi ist abgestorben – dein Zauber war ein zu grobes Mittel. Ohne Goffanons Geheimnis können wir diese Ebene nicht verlassen. Unsere Abmachung ist damit gebrochen . . .«

»Nein!« kreischte Calatin. Er sah seinen eigenen schrecklichen Tod in Sactrics kalten, flammenden Augen. »Ich schwöre es Euch – Goffanon hat das Geheimnis – laßt mich mit ihm sprechen. Goffanon, hör Calatin zu. Erzähl Sactric, was er zu wissen wünscht . . .«

Und Goffanon antwortete mit flacher Stimme:

»Ihr seid nicht mein Herr, Calatin.«

»So ist es«, stellte Sactric fest. »Und jetzt mußt du bestraft werden, Zauberer . . .«

In Panik schrie Calatin auf: »Karach! Karach! Vernichte Sactric!«

Die Gestalt in dem Kapuzenmantel erhob sich blitzschnell, riß den Mantel herunter und zog ein großes Schwert aus dem Gürtel. Und Corum schrie vor Entsetzen über das, was er sah.

Der Karach hatte das Gesicht eines Vadhagh. Ein Auge wurde von einer bestickten Augenklappe verdeckt. Seine eine Hand schimmerte silbern, die andere war aus gewöhnlichem Fleisch. Er trug eine verzierte Rüstung, die genau Corums eigener glich. Auf seinem Kopf saß ein konischer Helm, in den in Vadhagh-Buchstaben ein Name eingraviert war – Corum Jhaelen Irsei. Das hieß: Corum, der Prinz im scharlachroten Mantel.

Und der scharlachrote Mantel, Corums Namensmantel, war unter dem abgeworfenen Kapuzenmantel des Karach zum Vorschein gekommen. Er wehte um seinen Körper, als er sich gegen Sactric warf.

Und das Gesicht des Karachs glich bis ins kleinste Detail Corums eigenem.

Und Corum wußte jetzt, warum Artek ihn beschuldigte, die

Menschen von Fyean auf Ynys Scaith angegriffen zu haben. Und er wußte auch, warum die Mabden sich hatten vortäuschen lassen, daß er auf der Seite der Fhoi Myore gegen sie kämpfte. Und er wußte, warum Calatin damals, vor so langer Zeit, das Geschäft mit seinem Mantel gemacht hatte. Calatin mußte alles, was bisher geschehen war, schon lange geplant haben.

Und der Blick in dieses andere Gesicht, das doch sein eigenes war, ließ Corum das Blut in den Adern gefrieren.

Sactric wollte offenbar seine magischen Kräfte gegen den Karach, den Doppelgänger, nicht einsetzen (oder vielleicht war auch seine Magie gegen ein Wesen, das selbst nur eine Illusion sein konnte, einfach wirkungslos). Er rief seinem neuen Diener zu:

»Goffanon! Schütze mich!«

Gehorsam stellte sich der riesige Zwerg dem Karach in den Weg und schwang die Axt.

Fasziniert und gleichzeitig entsetzt, verfolgte Corum den Kampf. Hier schien er endlich den ›Bruder‹ vor sich zu haben, den er nach den Prophezeiung der alten Seherin fürchten mußte.

Calatin brüllte Corum an: »Da! Da ist der Karach, Corum! Da ist der, der dich töten und deinen Platz einnehmen wird! Da ist mein Sohn! Da ist mein Erbe! Da ist der unsterbliche Karach!«

Aber Corum achtete nicht auf Calatin und richtete seine ganze Aufmerksamkeit auf den Kampf zwischen dem Karach mit dem ausdruckslosen Gesicht und dem scheinbar unermüdlichen Körper und Goffanon, der die Schwerthiebe mit seiner doppelschneidigen Streitaxt parierte, der Streitaxt der Sidhi. Corum sah, daß Goffanon schnell ermüdete. Der Sidhi mußte schon erschöpft gewesen sein, als er auf dieser Insel landete. Bald würde er dem Schwert des Karach zum Opfer fallen. Doch jetzt zog Corum sein eigenes Schwert und rannte auf die Kämpfer zu. Und Sactric lachte:

»Auch du willst mich verteidigen, Prinz Corum? Stehe ich unter deinem besonderen Schutz?«

Corum warf der scheußlichen Gestalt des Malibann einen haßerfüllten Blick zu, bevor er mit dem Schwert, dem namenlosen Schwert, das Goffanon geschmiedet hatte, nach dem Karach hieb. Er traf die Schulter des Wesens, das sich ihm jetzt zuwandte.

»Kämpfe mit mir, Karach!« knurrte Corum. »Das ist es doch, wozu du erschaffen wurdest!«

Und er führte einen Schwertstreich gegen das Herz des Karach, aber das Wesen wich geschickt zur Seite. Corum konnte seinen Hieb nicht mehr abbremsen. Die Klinge verfehlte den Körper des Karach und fuhr in Fleisch, das nicht dem Karach gehörte.

Es war Goffanons Schulter, durch die sich die Klinge bohrte. Corum stöhnte entsetzt über das, was er unabsichtlich angerichtet hatte. Und Goffanon taumelte zurück. Die Klinge mußte tief in seiner Schulter sitzen, denn seine Bewegung riß Corum das Schwert aus der Hand. Ohne Waffe stand er dem Karach gegenüber, der sich ihm mit einem schrecklichen Lächeln näherte, das Schwert zum Todesstreich erhoben.

Ilbrec zog jetzt sein Schwert Vergelter und kam Corum zu Hilfe, aber bevor er die Kämpfenden erreicht hatte, nutzte Calatin seine Chance. Hinter dem Rücken des Sidhi rannte er den Hügel hinunter. Er hatte offenbar jede Hoffnung aufgegeben, Sactric zu besiegen. Sein einziger Gedanke schien zu sein, das Boot zu erreichen, bevor der Malibann wieder auf ihn aufmerksam wurde.

Aber Goffanon sah Calatin. Und der Schmied griff nach dem Schwert in seiner Schulter. Selbst jetzt achtete er darauf, es nicht an seinem Griff zu berühren. Er zog es aus der Wunde, drehte es, zielte und warf es mit aller Kraft hinter dem fliehenden Zauberer her.

Die mondfarbene Klinge zischte durch die Luft und bohrte sich Calatin zwischen die Schulterblätter.

Der Mabden-Zauberer rannte noch einige Schritte weiter. Dann erstarrte er und brach zusammen. Während er fiel, schrie er:

»Karach! Karach! Räche mich. Räche mich, mein Sohn! Mein einziger Erbe!«

Der Karach wandte sich von der Kampfszene ab, das Schwert

sank an seine Seite. Er suchte nach dem, der ihn gerufen hatte. Schließlich fanden seine Augen Calatin. Der Zauberer war noch nicht tot und versuchte auf den Knien zum Strand zu kriechen, wo das Boot lag, mit dem er vor so kurzer Zeit noch im Triumph auf Ynys Scaith gelandet war. Und Corum konnte so etwas wie Mitgefühl in den Augen des Karachs lesen, als er seinen sterbenden Herrn dort kriechen sah.

»Karach! Räche mich!«

Und der Karach begann mit steifen Schritten den Hügel hinunter zu schreiten, bis er den tödlich getroffenen Calatin erreichte, dessen seidene Roben jetzt von Blut beschmiert waren. Aus der Entfernung wirkte die Szene auf Corum, als sehe er ein Bild aus der Vergangenheit oder der Zukunft, bei dem er selbst der Hauptdarsteller war; als knie er selbst neben dem Zauberer und schiebe sein Schwert zurück in den Gürtel. Wie im Traum sah Corum seinen Doppelgänger auf Calatin herabstarren. Der Karach begriff nicht, was mit seinem Herren geschehen war. Er faßte nach dem Schwert, das aus Calatins Rücken ragte. Aber dann riß er seine Hand zurück, als wäre das Schwert glühend heiß. Wieder sah er verwirrt aus. Calatin keuchte einige weitere Worte zu dem Karach, die die Zuschauer nicht verstehen konnten, und der Karach legte den Kopf auf die Seite und lauschte aufmerksam.

Calatins sterbende Hände hatten inzwischen ein Steinblock gefunden, auf den der Zauberer sich mit letzter Kraft zog. Dabei wurde die mondfarbene Klinge aus seinem Rücken gepreßt und fiel zu Boden. Der Karach beugte sich über seinen Herrn und nahm ihn vorsichtig auf seine Arme.

Sactric meldete sich jetzt wieder. Er stand hinter den dreien, die das Geschehen vom Hügel aus beobachteten, und befahl:

»Goffanon, ich bin noch immer dein Herr. Geh und vernichte den Karach!«

Aber Goffanon antwortete mit einer neuen Stimme, einer Stimme voll mit seiner alten, knurrigen Selbstsicherheit:

»Dies ist nicht der rechte Zeitpunkt, den Karach zu töten. Außerdem ist es nicht meine Bestimmung, ihn zu erschlagen.«

»Goffanon! Ich befehle es dir!« schrie Sactric und hob die

kleine Lederflasche mit dem Speichel, der ihm Macht über den Sidhi geben sollte.

Aber Goffanon lächelte nur und begann die Wunde zu untersuchen, die ihm das von ihm selbst geschmiedete Schwert an der Schulter beigebracht hatte. »Ihr habt kein Recht, Goffanon Befehle zu erteilen«, stellte er fest.

Eine tiefe Bitterkeit lag in Sactrics trockener, toten Stimme, als er nach einiger Zeit erwiderte:

»Dann bin ich also von diesem sterblichen Zauberer ganz und gar betrogen worden. Ich werde nie wieder zulassen, daß meine Urteilskraft so geblendet wird.«

Nun trug Corums Doppelgänger seinen Herrn über den Strand, aber er ging nicht zum Boot, sondern schritt direkt ins Meer. Der scharlachrote Mantel bauschte sich um ihn auf dem Wasser und umgab die beiden Wesen wie geronnenes Blut.

»Der Zauberer hat Euch nicht willentlich betrogen«, erklärte Goffanon. »Ihr sollt die Wahrheit wissen, Sactric. Ich war genausowenig in seiner Gewalt, als ich hierher kam, wie ich jetzt in Eurer bin. Ich ließ ihn glauben, er könne mir Befehle erteilen, denn ich wollte erkunden, ob meine Freunde hier noch lebten und wie ihnen zu helfen war . . .«

»Sie werden nicht mehr lange zu Leben haben«, schwor Sactric, »und du auch nicht, denn dich hasse ich am meisten von allen, Goffanon.«

»Ich kam aus freiem Willen hierher«, fuhr der Zwerg fort, ohne sich um Sactrics Drohung zu kümmern, »denn ich wollte mit Euch den Handel abschließen, den Calatin mit Euch einzugehen plante.«

»Dann weißt du, wo du versteckt hast, was du stahlst?« Die Hoffnung kehrte in Sactrics Stimme zurück.

»Natürlich weiß ich es. Es ist nichts, was ich so leicht vergessen könnte.«

»Und du würdest es mir erzählen?«

»Wenn Ihr mit meinen Bedingungen einverstanden seid.«

»Wenn sie angemessen sind, will ich ihnen zustimmen.«

»Ihr bekommt alles, was Ihr von Calatin haben wolltet, und Ihr bekommt es zu ehrenhafteren Bedingungen . . .«, versprach

Goffanon. Trotz der Schmerzen, die ihm seine Verletzung verursachen mußten, lag neuer Stolz im Auftreten des Zwerges.

»Ehrenhaft? Das ist eine Sache der Mabden. Mit Ehrenhaftigkeit habe ich nichts zu schaffen . . .«, begann Sactric.

Goffanon wandte sich einfach von ihm ab und richtete seine nächsten Worte an Corum: »Du hast viel zu tun, Vadhagh, wenn du deine Dummheiten noch einmal gut machen willst. Geh, hol dein Schwert.«

Und Corum gehorchte. Seine Augen hingen noch immer an seinem Doppelgänger. Der Körper des Zauberers war jetzt vollständig unter den Wellen verschwunden, aber von dem Karach waren noch Kopf und Schultern zu sehen. Und der Kopf drehte sich jetzt Corum zu. Corum fühlte Eis in seinen Adern, als sein einziges Auge den Blick des anderen einzelnen Auges traf. Dann verzog sich das Gesicht des Karach, sein Mund öffnete sich, und er stieß ein so plötzliches und jammervolles Geheul aus, daß Corum erstarrt vor dem mondfarbenen Schwert stehen blieb.

Der Karach setzte seinen Weg fort, bis auch der Kopf unter der Wasseroberfläche verschwunden war. Für eine Sekunde oder zwei sah Corum noch den scharlachroten Mantel, seinen eigenen Namensmantel, auf den Wellen treiben, dann war auch der verschwunden.

Corum bückte sich und hob sein Schwert auf, Goffanons Geschenk. Die Klinge schimmerte in einem fremden, silberigen Weiß und war mit dem Blut von Corums altem Feind verschmiert. Aber zum erstenmal war Corum froh, das Schwert in der Hand zu halten. Und jetzt wußte er auch, welchen Namen er dem Schwert geben würde. Auch wenn das kein ehrenvoller Namen war; nicht der Name, den er selbst erwartet hätte. Er wußte ihn nur einfach, genau wie Goffanon ihm erklärt hatte, daß er ihn wissen würde, wenn die Zeit gekommen war.

Er trug das Schwert zurück zum Gipfel des Hügels, und er hob das Schwert gegen den Himmel und sagte mit fester, ruhiger Stimme:

»Ich habe einen Namen für das Schwert, Goffanon.«

»Ich wußte, daß du ihn jetzt haben würdest«, antwortete Goffanon im gleichen Tonfall.

»Ich nenne dieses Schwert ›Verräter‹«, erklärte Corum. »Denn das erste Blut, das diese Klinge befleckt hat, war von dem, der sie schmiedete, und das zweite Blut war von einem, der sich für den Herrn dieses Schmiedes hielt.«

Und das Schwert schien noch heller zu leuchten, und Corum fühlte, wie aus dem Schwert neue Energie zu ihm floß. (Gab es da nicht in einer anderen Zeit ein anderes Schwert wie dieses? Warum war ihm dieses Gefühl so vertraut?) Und er sah zu Goffanon, und Goffanon nickte und war zufrieden.

»Verräter«, sagte Goffanon, und er legte seine große Hand auf seine Schulterwunde.

Dann meinte Ilbrec plötzlich zusammenhanglos: »Nun habt Ihr ein Schwert, das einen Namen trägt. Jetzt braucht Ihr auch ein gutes Pferd. Das sind die wichtigsten Requisiten eines kämpfenden Helden.«

»Aye. Ich nehme an, das sind sie«, erwiderte Corum. Er schob das Schwert in die Scheide.

Sactric gestikulierte ungeduldig. »Welchen Handel wollt ihr den Malibann vorschlagen, Goffanon?«

Goffanon war noch mit Corum beschäftigt. »Ein passender, ein angemessener Name«, sagte er. »Aber du gibst dem Schwert damit eine dunkle Macht, keine helle Macht des Lichtes.«

»So muß es sein«, entgegnete Corum.

Goffanon zuckte die Achseln und wandte seine Aufmerksamkeit endlich wieder Sactric zu. »Ich habe, was Ihr sucht, und es soll Euch gehören, wenn Ihr uns dafür gegen die Fhoi Myore helft. Wenn wir erfolgreich sind, und unser großer Erzdruide Amergin überlebt, und wir die Mabden-Schätze von Caer Llud zurückerobern können, dann versprechen wir Euch, daß Ihr diese Ebene verlassen könnt, um Euch nach einer gastlicheren Bleibe umzusehen.«

Sactric nickte mit seinem mumifizierten Kopf. »Wenn du deine Abmachung einhälst, halten wir uns an unsere.«

»Dann müssen wir uns beeilen, auszuführen, was wir uns gerade vorgenommen haben«, verlangte Goffanon. »Denn die letzte Stunde der belagerten Mabden in Craig Dôn wird bald geschlagen haben.«

»Calatin sprach also die Wahrheit?« fragte Corum.

»Er berichtete die Wahrheit.«

Ilbrec sagte: »Goffanon, wir hielten dich für völlig unter dem Bann des Zauberers, solange er die Flasche mit dem Speichel bei sich hatte. Wie konntest du mit ihm die Reise hierher machen, ohne wieder seinem Zauber zu verfallen?«

Goffanon lächelte. »Weil die Flasche nicht meinen Speichel enthielt . . .« Er wurde von Sactric an weiteren Erklärungen gehindert.

»Erwartet ihr von mir, daß ich euch zum Festland begleite?«

»Aye«, bestätigte Corum. »Das wird notwendig sein.«

»Ihr wißt, daß uns nur schwer möglich ist, diese Insel zu verlassen.«

»Aber es ist notwendig«, sagte auch Goffanon. »Wenigstens einer von euch muß mit uns kommen. Es sollte derjenige sein, in dem sich alle Macht der Malibann manifestiert – Ihr selbst, Sactric.«

Sactric dachte einen Augenblick nach. »Dann werde ich einen Körper brauchen«, erwiderte er. »Diese hier ist für so eine Reise nicht geeignet.« Er fügte hinzu: »Du solltest nicht versuchen, die Malibann zu betrügen, Goffanon, wie du es schon einmal getan hast . . .« Sein Ton war wieder haßerfüllt geworden.

»Das liegt dieses Mal nicht im geringsten in meinem Interesse«, erwiderte der Zwerg. »Aber eins solltet Ihr wissen, Sactric. Ich finde nichts Gutes daran, mit Euch irgendein Abkommen zu schließen, und wenn es allein nach mir ginge, würde ich lieber sterben, als Euch zurückzugeben, was ich von hier gestohlen habe. Wie dem auch sei, die Würfel sind jedenfalls so gefallen, daß ich gezwungen bin, mit dem fortzufahren, was meine Freunde unseeligerweise angefangen haben. Aber ich bin sicher, daß diese Sache für einige von uns böse ausgehen wird, wenn Ihr erst wieder Eure volle Macht zurückerhaltet.«

Sactric zuckte seine eingefallenen, lederigen Schultern. »Ich will das nicht bestreiten, Sidhi«, antwortete er leise.

»Es besteht weiterhin die Frage«, erinnerte Ilbrec, »wie uns Sactric begleiten kann?«

»Ich brauche einen Körper.« Sactric sah die drei erwartungsvoll an. Sein Blick ließ Corum schaudern.

»Wenige sterbliche Körper können das aufnehmen, was sich Sactric nennt«, erklärte Goffanon. »Wir stehen vor einem Problem, dessen Lösung wahrscheinlich die Selbstopferung eines von uns verlangt . . .«

»Der laßt mich sein!«

Die Stimme war neu in dieser Gesellschaft, aber sie klang vertraut. Corum wandte sich um und sah zu seiner großen Erleichterung, daß es Jhary-a-Conel war, der frech wie immer an einem Stein lehnte, die schwarzweiße, geflügelte Katze auf seiner Schulter.

»Jhary!« Corum stürzte in die Arme seines Freundes. »Wie lange seid Ihr schon hier auf dieser Insel?«

»Ich habe das meiste von dem, was sich hier heute abgespielt hat, miterleben dürfen. Eine sehr befriedigende Vorstellung.« Jhary winkte Goffanon zu. »Ihr habt Calatin perfekt getäuscht . . .«

»Ohne Euch hätte ich niemals die Gelegenheit dazu bekommen, Jhary-a-Conel«, stellte Goffanon fest. »Es war Jhary, der sich als Überläufer ausgab, sobald abzusehen war, daß die Mabden vor Caer Llud nicht siegen konnten. Er bot Calatin seinen Dienst an, und der Zauberer akzeptierte Jharys Verrat nur allzu gerne, weil er andere nach seiner eigenen Ehrlosigkeit beurteilte. So konnte Jhary mit einem schnellen Handgriff die Flasche mit meinem Speichel gegen eine austauschen, die nichts enthielt als etwas gescholzenen Schnee. Danach mußte ich nur noch vorgeben, wieder völlig unter Calatins Zauber zu sehen, um herauszufinden, was der Zauberer gegen die Mabden plante. Jhary setzte sich in der allgemeinen Verwirrung der Niederlage von Caer Llud zunächst ab, um uns dann heimlich nach Ynys Scaith zu folgen . . .«

»Also haben wir doch ein zweites Segel am Horizont gesehen!« bemerkte Corum. »Das war Euer Boot, Jhary?«

»Ohne Zweifel«, stellte der selbsternannte ›Gefährte von Helden‹ fest. »Und nun, um auf unser eigentliches Problem zurückzukommen, sollten wir an meine Katze denken. Ich weiß, daß

Katzen, was die Aufnahme fremder Seelen angeht, Fähigkeiten besitzen, die dem Menschen fehlen. Ich erinnere mich einer Zeit, als mein Name anders klang. Damals wurde eine Katze benutzt, um die Seele eines sehr mächtigen Zauberers aufzunehmen, genauer gesagt, sie gefangenzuhalten – aber das gehört nicht hierher . . . Meine Katze wird Euch aufnehmen, Sactric, und Ihr werdet es bei ihr recht bequem haben . . .«

»Ein Tier?« Sactric begann seinen mumifizierten Kopf zu schütteln. »Als Kaiser der Malibann kann ich nicht . . .«

»Sactric«, sagte Goffanon scharf, »du weißt verdammt gut, daß es mit dir und den Deinen bald endgültig vorbei sein wird, wenn ihr diese Ebene nicht rasch verlassen könnt. Wollt ihr das wegen deinem lächerlichen Stolz riskieren?«

»Du nimmst dir einen Ton heraus, der mir mißfällt«, erwiderte Sactric. »Wenn ich nicht durch mein Wort gebunden wäre, ich würde dir . . .«

»Aber Ihr seid es«, knurrte Goffanon. »Nun, Sir, würdet Ihr bitte in die Katze fahren, damit wir aufbrechen können, oder wollt Ihr das, was ich Euch gestohlen habe, jetzt nicht mehr zurückhaben?«

»Es ist mir wichtiger als mein Leben.«

»Dann folgt Jharys Vorschlag.«

Es schein keine Reaktion von Sactric zu erfolgen. Er starrte die schwarzweiße Katze einen Augenblick leicht angewidert an. Dann heulte die Katze auf, ihre Nackenhaare richteten sich auf, und sie schlug mit den Klauen um sich, bevor sie dem mächtigeren Geist unterlag. Und plötzlich stürzte Sactric' Mumie schwer zu Boden, wo sie verrenkt liegen blieb.

Die Katze sagte: »Laßt uns sofort aufbrechen. Und vergeßt nicht, ich habe nichts von meiner Macht verloren.«

»Wir werden daran denken«, antwortete Ilbrec. Er hob den alten Sattel auf, den er gefunden hatte, und seitdem mit sich herumschleppte.

Der Sidhi-Jüngling, der verwundete Schmied, Goffanon, Corum von der Silbernen Hand und Jhary-a-Conel mit dem auf der Schulter, was jetzt Sactric war, machten sich auf den Weg zum Strand, wo das Boot sie erwartete.

DRITTES BUCH

In dem Mabden, Vadhagh, Sidhi, Malibann und Fhoi Myore um den Besitz der Erde kämpfen, und in dem Freunde zu Feinden werden und Feinde zu Freunden. Die letzte Schlacht gegen das kalte Volk, gegen den ewigen Frost . . .

I

Das, was Goffanon Sactric stahl

Die Reise verlief ereignislos. Ilbrec ritt dem Schiff auf Zaubermähne voran und führte es auf dem kürzesten Weg zum Festland. Nun standen sie alle auf einer Klippe, gegen deren Fuß eine weiße, wütende See donnerte, und Goffanon hob seine mächtige Streitaxt mit dem unverletzten Arm hoch über seinen Kopf und hieb damit tief in die weiche Erde. Der Platz war bis zu ihrer Ankunft mit einem kleinen, unauffälligen Steinhaufen markiert gewesen.

Die intelligenten Augen der schwarzweißen Katze wichen nicht von Goffanon, und manchmal schienen diese Augen rubinrot aufzuglühen.

»Sei vorsichtig, damit ihr nicht zustößt«, sagte die Katze mit Sactrics Stimme.

»Ich muß jetzt erst noch den Zauber entfernen, den ich darüber gesprochen habe«, erklärte Goffanon.

Nachdem er ein kleines Loch gegraben hatte, kniete der Zwerg darüber und ließ etwas von der Erde durch die Finger rinnen. Dazu murmelte er einige Worte, die wie eine Serie sinnloser Reime klangen. Als das getan war, zog er sein Messer und begann damit vorsichtig weiter in der weichen Erde zu graben.

»So!« Goffanon hatte gefunden, was er suchte. Sein Gesicht verzog sich in leichtem Ekel. »Hier ist es, Sactric.«

Und er zog etwas aus der Erde, das er an einer Strähne dünnen Haares festhielt. Es war ein mumifizierter Kopf, der zu den mumifizierten Körpern der Malibann auf Ynys Scaith paßte. Doch dieser Kopf strahlte eine fremdartige Schönheit aus und war unbezweifelbar weiblich, auch wenn an dem verstümmelten Haupt eigentlich nichts besonders Schönes zu erkenenn war.

»Terhali!« seufzte die kleine, schwarzweiße Katze, und ihre Augen bekamen einen Ausdruck offener Anbetung. »Hat er dir etwas angetan, mein Liebes, meine süße Schwester?«

Und jetzt schnappten sie alle nach Luft, als der Kopf seine Augen öffnete, die klar und eisgrün waren. Und die verfaulten Lippen antworteten:

»Ich höre deine Stimme, mein geliebter Sactric, aber ich sehe dein Gesicht nicht. Vielleicht bin ich noch ein wenig geblendet?«

»Nein. Für den Augenblick muß ich mit dem Körper dieser Katze vorlieb nehmen. Aber bald werden wir beide neue Körper haben; Körper, die uns akzeptieren. Es gibt endlich eine Chance für uns, aus dieser Ebene zu entkommen, mein Liebes.«

Sie hatten von Ynys Scaith ein Kästchen mitgebracht, und in diese kleine Truhe aus Gold und Bronze legten sie jetzt den Kopf. Als sie den Deckel schlossen, starrten ihnen die Augen aus der Dunkelheit zu.

»Lebe wohl, für den Augenblick, geliebter Sactric!«

»Lebe wohl, Terhali!«

»Das ist es also, was du Sactric gestohlen hast«, flüsterte Corum Goffanon zu.

»Aye, den Kopf seiner Schwester. Es ist alles, was von ihr übrig gebieben ist. Sie verfügte über Kräfte, die denen ihres Bruders in nichts nachstehen. Wenn sie noch auf Ynys Scaith gewesen wäre, als ihr dort landetet, bezweifle ich sehr, daß ihr mit dem Leben davongekommen wäret.«

»Goffanon hat recht«, stimmte die schwarzweiße Katze zu und ließ keinen Blick von der Truhe, die der Zwerg jetzt unter den Arm nahm. »Das ist der Grund, warum ich diese Ebene noch nicht verlassen wollte. Sie ist alles, was ich liebe – Terhali!«

Jhary-a-Conel hob die Hand zur Schulter und gab der Katze einen mitfühlenden Klaps. »Es ist, wie man sagt. Selbst die Schändlichsten unter uns haben irgendwo ein weiches Herz, nicht wahr . . .« Und erwischte sich eine imaginäre Träne von der Wange.

»Und nun müssen wir auf dem schnellsten Wege nach Craig Dôn«, meinte Corum leicht ungeduldig.

»Welcher Weg ist das?« erkundigte sich Jhary-a-Conel und blickte demonstrativ in alle vier Himmelsrichtungen.

»Dort entlang«, erwiderte Ilbrec und wies nach Osten. »Dem Weinter zu.«

*

Corum hatte schon fast vergessen, wie eisig der Fhoi Myore-Winter sein konnte. Dankbar hatte er sich in die Pelze gehüllt, die sie in einem verlassenen Dorf gefunden hatten, auf das sie gleich zu Beginn ihres Weges stießen. Dort hatten sie auch Pferde gefunden. Ohne diese Entdeckungen wäre der weitere Reiseverlauf mehr als qualvoll geworden. Vier Nächte waren seitdem vergangen, und mit jeder Nacht schien es kälter zu werden. Überall waren sie den bekannten Zeichen des Sieges der Fhoi Myore begegnet. Von der Kälte geborstene Mauern, zu Eis erstarrte Männer, Frauen und Kinder, verlassene, verfallene Städte – über allem lag jener schrechkliche unnatürliche Winter, der selbst den letzten Grashalm auf den Feldern vernichtete und nur eine lebensfeindliche Eiswüste zurückließ.

Durch tiefe Schneeverwehungen kämpften sie sich ihren Weg. Oft verloren sie völlig die Richtung und irrten stundenlang durch die schneebedeckte Einöde. Schließlich entdeckten sie dann wieder ein Wegzeichen und trieben ihre erschöpften Tiere weiter gen Cragi Dôn, das vielleicht längst zum Friedhof der Letzten des Mabdengeschlechts geworden war.

Und unaufhörlich fiel der weiße Schnee aus einem grauen, endlosen Himmel, und das Blut in ihren Adern fühlte sich an wie Eis, und ihre Haut wurde rauh und rissig, ihre Glieder wurden steif und jeder Atemzug wurde zur Qual. Häufig mußten sie ihre Pferde am Zügel führen. Dann konnten sie der Versuchung kaum widerstehen, sich einfach in den weichen Schnee sinken zu lassen, alle Hofnungen zu vergessen und zu sterben, wie ihre Gefährten längst gestorben sein mußten.

Des Nachts drängten sie sich eng um ein kleines Feuer. Sie konnten kaum die Lippen bewegen, um sich ein paar heisere Worte zuzuflüstern. Es schien, als wären ihre Gehirne halb erfroren wie ihre steifen Finger. Oft war an diesem nächtlichen Feuer das Gemurmel der kleienn, schwarzweißen Katze das einzige Geräusch. Sie schmiegte sich eng an die Truhe und sprach mit dem schrecklichen Kopf darin, doch niemand war neugierig darauf, was die beiden sich zu sagen hatten.

Corum war nicht sicher, wieviele Tage und Nächte auf diese Weise vergingen. Er wunderte sich nur leicht, daß sie es überhaupt so weit geschafft hatten, als sie schließlich von einem Hügelkamm über eine weite Ebene blickten. Schneeböen fegten über die Ebene, und in weiter Ferne sahen sie eine Nebelwand, und sie erkannten diese Nebelwand. Es war der Nebel, der den Fhoi Myore überall hin folgte; von dem die einen sagten, er sei der tödliche Atem der Fhoi Myore, und die anderen, er sei ein Schutz für die verfaulenden Leiber des Kalten Volkes. Und sie wußten, daß vor ihnen die Stätte der Sieben Steinkreise lag, die heilige Stätte der Mabden, ihre größte Stätte der Macht – Craig Dôn. Als sie näher heran ritten, hörten sie das grauenvolle Geheul der Hunde des Kerenos, die unwirkirklichen, dumpfen Stimmen der Fhoi Myore und das Rascheln und Raunen der Brüder der Kiefern, die einmal Menschen gewesen waren, und in deren Adern jetzt Kiefernharz floß.

Jhary-a-Conel gelang es, sein Pferd, das in dem oft brusthohen Schnee nur schwer vorankam, neben das Corums zu treiben. »Es sieht danach aus, daß einige unserer Kameraden noch leben«, rief er. »Die Fhoi Myore würden sich nicht so nah bei Craig Dôn aufhalten, wenn es dort nicht jemanden zu beklagen gäbe.«

Corum nickte. Er wußte, daß die Fhoi Myore die Steinkreise fürchteten und diesen Ort normalerweise um jeden Preis mieden. Gaynor hatte ihnen das verraten, als er glaubte, sie hier in der Falle sitzen zu haben. Monate war das jetzt schon her.

An der Spitze ritt Ilbrec auf Zaubermähne. Das Riesenpferd bahnte den nachfolgenden Reitern einen Pfad durch den Schnee. Hätten sie den Sidhi-Riesen nicht bei sich gehabt, wären sie viel langsamer vorwärts gekommen. Wahrscheinlich hätten sie Craig Dôn ohne ihn gar nicht erreicht, sondern wären vorher Opfer der furchtbaren Kälte geworden. Hinter Ilbrec kam Goffanon, wie immer zu Fuß, die Axt über der Schulter, die Truhe mit Terhalis Kopf unter dem Arm. Seine Verletzung begann zu verheilen, aber die Schulter war immer noch steif.

»Der Belagerungsring der Fhoi Myore scheint keine Lücken zu haben«, bemerkte Ilbrec. »Ich fürchte, wir werden nicht unentdeckt durch ihre Reihen schlüpfen können.«

»Wenn wir es überhaupt lebend schaffen«, fügte Corum hinzu. Er sah den weißen Dampfwolken seines Atems in der eisigen Luft nach und zog sich die dicken Pelze noch enger um den zitternden Körper.

»Könnte Sactric nicht ein paar Illusionen beschwören, die uns erlauben, unbemerkt durch die Reihen der Belagerer zu reiten?« schlug Jhary vor.

Goffanon gefiel diese Idee nicht besonders. »Es ist besser, die Illusionen für später aufzuheben«, meinte er. »Damit im entscheidenden Moment niemand gewarnt ist und die Wahrheit ahnen kann . . .«

»Das ist ein vernünftiger Einwand, muß ich zugeben«, erwiderte Jhary nach einigem Zögern. »Dann müssen wir es mit einem gewaltsamen Durchbruch versuchen. Letzten Endes werden sie ja kaum einen Angriff von hinten erwarten.«

»Nur jemand, der völlig verrückt ist, würde versuchen, nach Craig Dôn durchzubrechen. Das werden sich die Fhoi Myore auch sagen.« Corum lächelte schwach mit erfrorenen Lippen.

»Im Augenblick sind wir das ja wohl auch«, antwortete Jhary. Und es gelang ihm, Corum zuzuwinken.

»Was meint Ihr dazu, Sactric?« Ilbrec wandte sich an die kleine Katze.

Sactric zog die Katzenstirn kraus. »Ich würde raten, daß meine Schwester und ich all unsere Kräfte für den letzten Moment aufheben. Was ihr euch da vorgestellt habt, ist zwar möglich, aber außerhalb von Ynys Scaith ist es für uns viel schwieriger, unsere Kräfte einzusetzen. Und anstrengender.«

Ilbrec akzeptierte dies. »Ich reite an der Spitze, um euch den Weg frei zu machen. Haltet euch dicht hinter mir.« Er zog seine berühmte Klinge Vergelter, und in dem kalten Licht funkelte sie eigenartig. Sie war eine Klinge der Sonne, und die Sonne hatte ihre Strahlen schon lange nicht mehr über diese Ebene geschickt. Das Schwert strahlte Wärme aus. Die tanzenden Schneeflocken schienen in seiner Aura zu schmelzen. Und Ilbrec lachte, und er rief seinem Pferd zu:

»Vorwärts, Zaubermähne! Auf nach Craig Dôn! Auf zur Stätte der Macht.«

Und schon galoppierte er los. Zu beiden Seiten seines Pferdes wirbelten Schneewolken auf. Seine Gefährten folgten dicht auf, mit heiseren Kampfrufen und die Waffen schwingend, als Ilbrec als erster in den unnatürlich kalten Fhoi Myore-Nebel eindrang. Die Schlachtrufe und die gezückten Waffen dienten allerdings in erster Linie dazu, sich selbst Mut zu machen und sich warm zu halten.

Auch Corum erreichte die Nebelwand und trieb sein Pferd hinein. Er bemühte sich, sich seinen riesigen Gefährten nicht aus den Augen zu verlieren. In dem eisigen Dunst hatte er den Eindruck von großen, schwarzen Schatten, die sich schwerfällig hin- und herbewegten, von Hunden, die alarmiert aufheulten, und grünhäutigen Reitern, die festzustellen versuchten, wer da so überraschend in ihr Lager eingefallen war. Und er hörte eine Stimme, die er kannte:

»Ilbrec! Es ist der Riese! Die Sidhi kommen nach Craig Dôn! Zu den Waffen, Goolegh, zu den Waffen!«

Das war Prinz Gaynors Stimme – die Stimme von Gaynor, dem Verdammten, dessen Schicksal so eng mit dem Corums verbunden schien.

Jetzt erschallten die Jagdhörner der Gooleghs, mit denen sie ihre reißenden Hunde riefen, und der Nebel war bald von einem grauenvollen Hecheln und Schnüffeln erfüllt. Doch Corum konnte noch keine der weißen Bestien mit den blutroten Ohren ausmachen. Noch tauchten die heißen, gelben Augen der Untiere nicht auf, der Bestien, die Goffanon mehr fürchtete als alles andere in dieser Welt.

Ein gequältes Brüllen antwortete Gaynors Warnruf, eine schmerzerfüllte Stimme, die Corum sofort als die von Kerenos erkannte – wortlos, leer, verzweifelt, die Stimme eines Lords des Limbus, so trostlos wie jene grauenvolle Dimension, aus der die sterbenden Götter stammten. Corum hoffte, daß Kereons' Bruder Balahr nicht in der Nähe war, denn ein Blick von ihm genügte, um sie für ewig zu Eis erstarren zu lassen.

Plötzlich fand Corum seinen Weg von vier oder fünf Gestalten verstellt, die mit schwertähnlichen Jagdmessern bewaffnet waren, den bevorzugten Waffen der Goolegh, und Goolegh waren es, die jetzt vor Corum standen. Ihre weißen, ausdruckslosen Gesichter hoben sich kaum vom umgebenden Schnee ab.

Mit seinem mondfarbenen Schwert hieb Corum um sich. Erstaunt bemerkte er die Leichtigkeit, mit der die Klinge fast ohne Widerstand durch Fleisch und Knochen glitt, und er erkannte, daß sein Schwert nach der Namensgebung nun tatsächlich seine ganze Macht zu entfalten begann. Und obwohl es fast unmöglich war, einen Goolegh zu töten, gelang es Corum, seine Gegner mit wenigen Hieben so zu verstümmeln, daß sie keine Gefahr mehr für ihn darstellten. Ohne Schwierigkeiten bahnte er sich seinen Weg durch ihre Reihen und schloß zu Ilbrec auf, der noch immer an der Spitze ritt. Vergelter hob und senkte sich wie eine lebende Flamme. Grüne Reiter und die wenigen Hunde, die dem Ruf der Hörner bisher gefolgt waren, wurden seine Opfer.

Eine Zeitlang vergaß Corum im Eifer des Gefechts den eisigen Fhoi Myore-Dunst, der mit jedem Atemzug in seine Lungen strömte. Aber langsam fühlten sich Kehle und Brust an, wie mit Eis gefüllt. Seine Bewegungen wurden schwerfälliger, und seinem Pferd erging es nicht besser. Verzweifelt brüllte er seinen Schlachtruf:

»Ich bin Corum! Ich bin Cremm Croich vom Hügel! Ich bin Llaw Ereint, die Silberne Hand! Zittert, Knechte der Fhoi Myore, denn die Mabden-Helden sind zurückgekehrt! Zittert, hier kommen die Feinde des Winters!«

Und das Schwert mit Namen Verräter blitzte und brachte einem heranspringenden Hund kalten Tod, während Goffanon seine Totenklage sang und seine Axt, von einer Hand geführt, tödliche Kreise zog. Und hinter ihm focht Jhary-a-Conel, die schwarzweiße Katze auf der Schulter, eine Klinge in jeder Hand. Er rief etwas, das sich mehr nach Angstschreien anhörte als nach einem Schlachtruf.

Nun wurden sie von allen Seiten bedrängt, und Corum hörte das bedrohliche Knarren riesiger Streitwagen, auf denen die Fhoi Myore anrückten. Balahr, Goim und die anderen konnten nicht mehr fern sein, und wenn sie erst einmal von den Fhoi Myore gestellt worden waren, gab es keine Hoffnung mehr. Aber jetzt konnten sie auch vor sich die schattenhaften Umrisse des äußeren Steinkreises von Craig Dôn erkennen – hohe, grob gehauene Säulen, auf denen Querblöcke von fast gleicher Länge lagen.

Als Corum die Stätte der Macht so nah vor sich sah, gab ihm das neue Kraft. Er drängte sein Pferd an den grüngesichtigen Brüdern der Kiefern vorbei. Verräter ließ grünen Kiefernsaft nach allen Seiten spritzen, so daß die Luft von betäubendem Harzgeruch erfüllt wurde. Corum sah Goffanon unter dem Ansturm einer Meute der weißen Hunde in die Knie brechen, den Kopf zurückgeworfen und schwarze Verzweiflung in den Augen. Und der Vadhagh brach mit seinem furchtbaren Schwert in das Hundepack, hackte, stach und hieb, bis Goffanon sich aufraffen konnte und in die Sicherheit des ersten Steinkreises stolperte. Dort blieb er keuchend stehen, den breiten Rücken an einen der Steinpfeiler gelehnt. Dann hatte auch Corum den Steinkreis erreicht und war in Sicherheit. Sekunden später hatten Ilbrec und Jhary sich zu ihnen durchgeschlagen. Sie standen sich gegenüber und sahen sich an und grinsten, unfähig zu glauben, daß sie noch lebten.

Von außerhalb des Steinkreises hörten sie Prinz Gaynor rufen:

»Nun haben wir sie alle! Sie werden verhungern, wie die anderen auch verhungern!«

Aber die dumpfen, elenden Stimmen der Fhoi Myore schienen eine Note der Bestürzung zu haben, und das Geheul der Hunde des Kerenos klang irgendwie verunsichert, und die Protectorlegh und die Brüder der Kiefern starrten mit einem widerwilligen Respekt zu ihren vier Feinden hinüber. Und Corum antwortete seinem alten Feind, seinem Schicksalsbruder:

»Nun werden die Mabden neuen Mut fassen und euch für immer davonjagen, Gayno!«

Und Gaynors Antwort klang leicht amüsiert. »Seid Ihr sicher, daß sie bei Eurem Anblick neuen Mut fassen, Corum? Nachdem Ihr Euch gegen sie gewandt habt? Mein Freund, ich glaube, Ihr werdet es schwer haben, sie dazu zu bewegen, überhaupt mit Euch zu sprechen, auch wenn sie halb verhungert sind, und Ihr die einzige Hoffnung für sie seid . . .«

»Ich weiß von Calatins Trick, und was er tat, die Kampfmoral der Mabden zu zerstören. Ich werde es Amergin erklären.«

Gaynor sagte nichts mehr darauf, aber sein Gelächter schnitt tiefer in Corums Herz, als es die schärfste Erwiderung vermocht hätte.

Langsam suchten sich die vier Helden einen Weg durch die Torbögen der Steinkreise, vorbei an Verwundeten, Sterbenden, Wahnsinnigen und Weinenden und solchen, die mit blicklosen Augen ins Leere starrten. Schließlich erreichten sie den innersten Kreis, wo einige Zelte aufgeschlagen waren und einige Feuer brannten. Männer in zerschlagenen Rüstungen und zerfetzten Pelzen kauerten zitternd neben zerrissenen Fahnen und warteten auf den Tod.

Amergin, schlank, zerbrechlich, doch mit ungebrochenem Stolz, stand neben dem steinernen Altar von Craig Dôn, auf dem er einst gelegen hatte, nachdem Corum seine Rettung aus Caer Llud geglückt war. Amergins behandschuhte Rechte ruhte auf dem Altar, als er nun aufsah und die vier erkannte. Sein Gesicht blickte grimmig, aber er sagte nichts.

Dann tauchte hinter dem Hochkönig eine andere Gestalt auf – eine Frau, deren rotes Haar frei über die Schultern floß. Auf ihrem Kopf saß eine Krone. Vom Hals bis zu den Fersen war sie in einen schweren Kettenharnisch gehüllt, ein schwerer, bronzebewehrter Gürtel schlang sich um ihre Hüfte, ein Fellmantel hing von ihrem Rücken. Und ihre Augen brannten in einem eisgrünen Feuer, als sie Corum herausfordernd anstarrte. Das war Medheb.

Corum machte eine Bewegung auf sie zu und flüsterte:

»Medheb, ich habe euch . . .«

Ihre Stimme war kälter als der Nebel der Fhoi Myore, als sie sich ihm entzog, die Hand an den Schwertgriff legte und sagte:

»Fiachadh ist tot. Medheb ist Königin. Ich bin Königin Medheb, und ich führe die Tuha-na-Cremm Croich. Unter unserem Hochkönig Amergin führe ich die Mabden, die hier versammelt sind – die, die deinen unglaublichen Verrat überlebt haben . . .«

»Ich habe euch nicht verraten«, sagte Corum einfach. »Es war eine List Calatins.«

»Wir haben Euch gesehen, Corum . . .«, setzte Amergin ruhig an.

»Ihr saht einen Doppelgänger – Ihr saht einen Karach, den Calatin erschuf, um mich als Verräter hinzustellen.«

»Es ist wahr, Amergin«, sagte Ilbrec. »Wir alle sahen den Karach auf Ynys Scaith.«

Amergin hob seine Hand an die Schläfe, und es war leicht zu erkennen, wie schwer ihm selbst diese einfache Bewegung fiel. Er seufzte. »Dann müssen wir Gericht halten«, sagte er, »denn so verlangt es der Brauch der Mabden.«

»Ein Gericht?« Medheb lächelte. »Zu diesem Zeitpunkt?« Sie drehte Corum den Rücken zu. »Er hat seine Schuld längst selbst bewiesen. Nun erzählt er unglaubliche Lügen, weil er glaubt, unsere Niederlage hätte uns so betäubt, daß wir alles akzeptieren.«

»Wir kämpfen für das, an das wir glauben, Königin Medheb«, sagte Amergin. »Für unseren Glauben kämpfen wir genauso wie für unser Leben. Wir müssen dabei bleiben, uns nach dem zu richten, was uns immer richtig erschienen ist. Wenn wir unseren Glauben aufgeeben, haben wir auch kein Recht mehr zu leben. Zu unserem Glauben gehört auch der Glaube an Gerechtigkeit. Laßt uns diese Menschen befragen und ihren Antworten zuhören, bevor wir über sie urteilen.«

Medheb zuckte mit ihren schönen Schultern. Und Corum litt Todesqualen. Er fühlte, daß er Medheb mehr liebte, als er sie jemals zuvor geliebt hatte.

»Wir werden Corum schuldig finden«, sagte sie. »Und es wird mir eine Freude sein, den Schuldspruch zu verkünden.«

II

Das gelbe Streitroß

Es waren kaum ein Mann oder eine Frau zu sehen, die stehen konnten, ohne sich auf etwas zu stützen. Ausgezehrte, erfrorene, halbverhungerte Gesichter starrten Corum an, und wenn er auch viele der Gesichter kannte – er sah nirgendwo Freunde. Alle hielten ihn für einen Verräter und Überläufer. Sie machten ihn für die schrecklichen Verluste verantwortlich, die das Mabden-Heer vor Caer Llud erlitten hatte. Außerhalb der sieben Steinkreise wallte der unnatürliche Nebel, hallte und dröhnten die dumpfen Stimmen der Fhoi Myore, und erklang das endlose Geheul der Hunde des Kerenos.

Und das Gericht über Corum begann.

»Vielleicht habe ich einen Fehler gemacht, als ich nach Ynys Scaith ging, um dort Verbündete zu suchen«, gab Corum zu. »Dann bin ich schuldig, unsere Lage falsch beurteilt zu haben. Aber in allen anderen Punkten bin ich unschuldig.«

Morkyan von den beiden Lächeln, der vor Caer Llud nur leicht verwundet worden war, zog die schwarzen Augenbrauen zusammen und strich sich über seinen Schnurbart. Seine Narbe hob sich weiß von seinem dunklen Gesicht ab.

»Wir haben Euch gesehen«, sagte Morkyan. »Wir sahen Euch Seite an Seite reiten mit Prinz Gaynor, mit dem Zauberer Calatin, mit diesem anderen Verräter, Goffanon – zusammen habt ihr die Brüder der Kiefern geführt, die Goolegh, die Hunde des Kerenos. Ich sah Euch Grynion, den Bullenreiter, erschlagen und eine der Schwestern, Cahleen, Tochter von Milgan dem Weißen, und ich hörte, daß Ihr persönlich für den Tod von Phadrac vom Crag von Lyth verantwortlich seid, daß Ihr in den Tod locktet, als er noch glaubte, Ihr stündet auf unserer Seite . . .«

Hisak, der den Beinamen Sonnendieb trug und Goffanon geholfen hatte, Corums Schwert zu schmieden, meldete sich heiser zu Wort. Er saß mit dem Rücken an den Altar gelehnt. Das linke Bein war zerschmettert. »Ich sah Euch viele aus unserem Volk töten, Corum. Wir alle sahen Euch.«

»Und ich sage Euch, daß nicht ich es war, den ihr sagt«, beharrte Corum. »Wir kommen, euch zu helfen. Wir sind die ganze Zeit vorher auf Ynys Scaith gewesen – unter einem Zauber, der uns glauben machte, nur wenige Stunden seien vergangen, während es in Wirklichkeit Monate waren.«

Medheb lachte hart. »Zaubermärchen! Wir können solche kindischen Lügen nicht glauben!«

Corum wandte sich an Hisak Sonnendieb. »Hisak, erinnert Ihr

Euch an das Schwert, das jener andere trug, den Ihr mit mir verwechselt habt? War es dieses Schwert?«

Und er zog seine mondfarbene Klinge, und ein seltsames, blasses Glühen ging von ihr aus.

»War es dieses Schwert, Hisak?«

Und Hisak schüttelte den Kopf. »Selbstverständlich war es nicht dieses Schwert. Ich hätte dieses Schwert sofort erkannt. War ich nicht selbst bei der Zeremonie anwesend?«

»Das wart Ihr. Und wenn ich ein Schwert von solcher Macht trage, würde ich es dann nicht in der Schlacht geführt haben?«

»Wahrscheinlich . . .«, gab Hisak zu.

»Und seht hier!« Corum hielt seine silberne Hand hoch. »Was ist das für ein Metall?«

»Selbstverständlich Silber.«

»Aye! Silber! Und dieser andere – dieser Karach – hatte er eine Hand von Silber . . .?«

»Ich erinnere mich«, antwortete Amergin stirnrunzelnd, »daß die Hand nicht aus richtigem Silber zu sein schien. Eher eine Art Falschsilber . . .«

»Denn Silber ist tödlich für alle Schattengeschöpfe!« erklärte Ilbrec. »Das ist allen bekannt.«

»Das ist eine sehr verschlungene Beweisführung«, erwiderte Medheb, aber sie schien sich ihrer Anklage nicht mehr ganz so sicher zu sein.

»Und wo ist dieses Schattenwesen, dieser Doppelgänger, jetzt?« wollte Morkyan von den beiden Lächeln wissen. »Warum taucht nur immer einer von euch beiden auf? Wenn wir euch beide nebeneinander sehen könnten, wären wir leichter zu überzeugen.«

»Der Herr des Karachs ist tot«, antwortete Corum. »Goffanon erschlug ihn. Der Karach verschwand mit Calatin im Meer. Das war das letzte, was wir von den beiden sahen. Wir haben also schon gegen diesen Doppelgänger gekämpft.«

Corum blickte von einem der müden Gesichter zum anderen, und er sah, daß sich der Ausdruck auf ihnen geändert hatte. Die meisten waren nun doch bereit, ihm zuzuhören.

»Und warum seid ihr alle zurückgekehrt, wenn ihr doch wissen müßt, daß unsere Lage hier hoffnungslos ist?« fragte Medheb und warf ihr langes, roten Haar zurück.

»Was wir damit gewinnen können, wenn wir uns wieder euch anschließen? Ist es das, was Ihr wissen wollt?« meinte Jhary-a-Conel.

Hisak deutete mit dem Finger auf Jhary. »Euch habe ich auch mit Calatin reiten sehen. Ilbrec ist der einzige hier, der nicht ganz offensichtlich auf Seiten unserer Feinde gekämpft hat.«

»Wir sind zurückgekehrt«, sagte Corum, »weil wir mit unserer Fahrt nach Ynys Scaith erfolgreich waren und euch Hilfe bringen.«

»Hilfe?« Amergin sah Corum scharf an. »Von der Art, die wir besprochen haben . . .?«

»Von genau dieser Art.« Corum wies auf die schwarzweiße Katze und die Truhe aus Gold und Bronze. »Hier ist sie . . .«

»Ich hatte mir diese Hilfe anders vorgestellt«, erwiderte Amergin.

»Und hier ist dies . . .« Ilbrec zog etwas aus einer seiner Satteltaschen, die neben ihm standen. »Ohne Zweifel brachte ihn eines der Schiffe mit sich, die an den Küsten von Ynys Scaith strandeten. Ich erkannte ihn sofort.« Und er zeigte allen den brüchigen, uralten Sattel, den er am Strand gefunden hatte.

Amergin seufzte überrascht und streckte seine Hände nach dem Sattel aus. »Ich kenne ihn. Es ist der letzte unserer Schätze, von dem wir nicht wußten, was aus ihm geworden war. Der Reif und der Kessel sind noch immer in Caer Llud.«

»Aye«, sagte Ilbrec, »und zweifellos kennt Ihr die Prophezeiung, die sich an diesen Sattel knüpft?«

»Ich entsinne mich keiner besonderen Prophezeiung«, antwortete Amergin. »Ich habe mich schon immer gewundert, was dieser nutzlose, alte Sattel unter unseren Schätzen zu suchen hatte.«

»Es ist Laegaires Sattel«, erklärte Ilbrec. »Laegaire war mein Onkel. Er fiel in der letzten der Neun Schlachten. Er war zur Hälfte von sterblichem Blut, wie ihr wißt . . .«

»Und er ritt das gelbe Streitroß«, fuhr Amergin fort, »das nur von jemandem geritten werden konnte, der reinen Herzens war und für eine gerechte Sache kämpfte. Deshalb also wurde dieser Sattel mit unseren anderen Schätzen zusammen aufgehoben.«

»So ist es. Aber ich erwähne das alles nicht nur, damit die Zeit vergeht. Ich weiß, wie das gelbe Streitroß gerufen wird. Und damit habe ich die Möglichkeit, euch allen zu beweisen, daß Corum nicht lügt. Laßt mich das Roß beschwören, dann soll Corum versuchen, darauf zu reiten. Wenn es ihn akzeptiert, dann wißt ihr, daß Corum reiner Gesinnung ist und für eine gerechte Sache kämpft – eure Sache.«

Amergin sah seine Gefährten an. »Das scheint ein fairer Vorschlag zu sein«, sagte er.

Nur Medheb zögerte, Amergins Urteil zuzustimmen. »Es könnte alles wieder nur ein Zauberspiel sein«, widersprach sie.

»Ich werde es erkennen, falls es das ist«, stellte Amergin fest. »Ich bin Amergin. Vergeßt das nicht, Königin Medheb.«

Und sie beugte sich der Zurechtweisung durch ihren Hochkönig und wandte sich ab.

»Macht Platz frei neben dem Altar«, sagte Ilbrec. Er trug den Sattel vorsichtig zu dem großen Steinblock und legte ihn darauf.

Sie zogen sich alle vom Altar bis an den ersten Steinkreis zurück und beobachteten von dort, wie Ilbrec seinen goldenen Kopf dem kalten Himmel zuwandte und seine mächtigen Arme ausbreitete. Das schwache Licht glühte auf seinen rotgoldenen Armreifen, und Corum war von neuem von der Macht beeindruckt, die von diesem edelen, barbarischen Gott ausging, dem Sohn des Manannan.

Und Ilbrec begann zu singen:

> In allen neun Schlachten hat Laegaire gekämpft.
> Klein war er, doch groß sein Mut.
> Kein Sidhi tapferer focht und klüger sich schlug
> Für die Sache des Mabdenvolkes.
>
> Laegaire war sein Name, unsterblich sein Ruhm,
> Vielgelobt seine Bescheidenheit. Das gelbe Roß ritt er
> Und führte den Angriff auf Slieve Gullion,
> Nur wenige Krieger danach noch lebten.

Der Sieg war unser, doch Goims Spieß fand ihn,
Und Laegaire lag in rotem, warmen Naß,
Den Kopf auf dem Sattel, sterbend eines Kriegers Tod.
Und es weinte sein gelbes Pferd.

Wenige blieben, als Laegaire sein Erbe benannte,
Die Eichen und Ulmen zum Zeugen er rief,
Verkündend, daß nichts ihm gehörte als Leben und Pferd.
Und sein Leben er willig den Mabden gab.

Dem gelben Streitroß gab Laegaire die Freiheit,
Nur eine Bedingung stellte er ihm:
Drohte wieder die Alte Nacht, zurückkehren es muß,
Zu dienen einem reinen Helden in Mabden-Dienst.

So bat Laegaire sterbend, die bei ihm standen,
Zum Gedenken seiner den Sattel zu nehmen,
Und versprach, daß auf ihm nur sitzen könne der wahre
Held,
Nur ihn würde dulden das gelbe Streitroß.

Auf Sommerfeldern das Streitroß grast,
Erwartet Laegaires Erben;
Nur rufen wir es in Laegaires Namen
Zurück zum Kampf gegen die alte Nacht.

Jetzt sank Ilbrec vor dem großen Altar auf die Knie, auf dem der alte, rissige Sattel lag, und seine letzten Worte waren nur noch ein erschöpftes Flüstern.

Außer den Lauten des Fhoi Myore-Heeres in der Ferne war alles still. Niemand bewegte sich. Ilbrec blieb, wo er war, den Kopf gesenkt. Sie warteten.

Dann ertönte ein neuer Laut von irgendwo her. Aber niemand wußte zu sagen, aus welcher Richtung genau, ob von über ihnen oder unter ihnen, doch es war unverkennbar der Hufschlag eines Pferdes, das näherkam. Sie blickten in alle Richtungen, aber sie konnten nirgends ein Pferd entdecken. Trotzdem kam es immer näher, bis es schon innerhalb des Steinkreises zu sein schien. Sie hörten ein Schnauben, ein hohes, stolzes Wiehern, das Dröhnen metallbeschlagener Hufen auf gefrorenem Boden.

Dann hob Ilbrec plötzlich seinen Kopf und lachte.

Und auf der anderen Seite des Altars stand ein gelbes Pferd, ein häßliches Pferd, das trotz dieser Häßlichkeit edel wirkte, und dessen Augen warm und intelligent blickten. Der Atem dampfte aus seinen geblähten Nüstern, und es schüttelte seine Mähne, als Ilbrec sich langsam erhob, den Sattel mit seinen beiden großen Händen nahm und ihn sanft auf den Rücken des gelben Streitrosses legte. Er klopfte dem Tier den Nacken und sprach leise und liebevoll zu ihm. Und in seinem Geflüster wiederholte sich ständig der Name Laegaires.

Ilbrec drehte sich zu den anderen um und deutete auf Corum: »Nun versuch, dieses Pferd zu reiten, Corum. Wenn es Euch aufsitzen läßt, beweist es, daß Ihr kein Verräter der Mabden sein könnt.«

Zögernd trat Corum näher. Zuerst schnaubte das gelbe Roß und wich zurück. Es legte die Ohren an und musterte Corum eindringlich mit seinen intelligenten, löwenzahn-goldenen Augen.

Corum legte eine Hand auf den Sattelknauf und das gelbe Streitroß näherte sich ihm mit seinem Kopf, schnupperte an ihm. Corum schwang sich vorsichtig in den Sattel, und das gelbe Streitroß senkte seinen langen Kopf dem Boden zu und begann nach unter dem Schnee verborgenen Grashalmen zu suchen. Es hatte ihn akzeptiert.

Jetzt brachen die Mabden in Hochrufe aus. Sie nannten ihn wieder Cremm Croich, Llaw Ereint, und den Helden von der Silbernen Hand, ihren Helden. Und Medheb, die nun Königin Medheb war, trat mit Tränen in den Augen vor ihn hin, streckte Corum ihre weiche Hand entgegen, aber sagte nichts. Und Corum nahm ihre Hand in die seine, beugte sich vor und küßte die Hand mit seinen Lippen.

*

»Und nun müssen wir uns beraten«, sagte Goffanon mit schroffer Stimme. »Wie sollen wir gegen die Floi Myore losschlagen?« Er stand unter einem der Steinbögen, die Hände auf den Schaft seiner abgesetzten Axt gestützt, und blickte aus den Steinkreisen hinaus in den Nebel, der sich noch verdichtet hatte.

Sactric in der Gestalt der kleinen, schwarzweißen Katze sagte in seiner ruhigen, trockenen Art: »Mir scheint, es würde Euch wohl am besten bekommen, wenn Ihr dorthin kommt, wo die Fhoi Myore jetzt sind, und die Fhoi Myore hier hinein . . .«

Amergin nickte. »Diese Überlegung geht davon aus, daß die Fhoi Myore wirklich Grund haben, Craig Dôn nicht zu betreten. Handelt es sich dabei aber nur um einen überlieferten Aberglauben, sind wir verloren.«

»Ich halte das keineswegs für einen Aberglauben, Amergin«, erklärte Sactric. »Ich begreife die Macht von Craig Dôn wohl. Ich muß mir nun überlegen, wie ich Euch am besten helfen kann. Aber dafür müßt Ihr mir versichern, daß Ihr mir helft, falls wir erfolgreich sind.«

»Wenn ich erst wieder im Besitz des Reifs der Macht bin«, sagte Amergin, »kann ich Euch helfen. Davon bin ich überzeugt.«

»Sehr gut, unser Pakt gilt.« Sactric schien zufrieden.

»Aye«, bemerkte Goffanon düster, von wo er stand, »wir haben einen Pakt geschlossen.«

Corum sah seinen Freund fragend an, aber der Sidhi-Zwerg wollte offenbar nicht mehr dazu sagen.

Als Corum vom Pferd stieg, flüsterte ihm Medheb ins Ohr: »Ich dachte, ich würde niemals mehr dazu in der Lage sein, aber jetzt weiß ich, daß ich im Irrtum war. Ich habe einen Zauber, der dir helfen wird. Man hat es mir versichert.«

»Einen Zauber?«

Sie sagte: »Gib mir für einen Moment deine silberne Hand. Ich habe Macht, sie noch stärker zu machen, als sie schon ist.«

Er lächelte. »Aber Medheb, ich brauche keine zusätzliche Kraft . . .«

»Du brauchst alles, was man dir geben kann, wenn du den kommenden Kampf überstehen willst«, beharrte sie.

»Woher hast du diesen Zauber?« Um ihr einen Gefallen zu tun, zog er einen nach dem anderen die kleinen Stifte heraus, mit denen die Prothese an seinem Armstumpf befestigt war. »Von einer weisen, alten Frau?«

Sie wich seiner Frage aus. »Er wird helfen«, sagte sie nur. »Man hat es mir versprochen.«

Er zuckte die Achseln und reichte ihr das herrlich gearbeitete, silberne Ding. »Du mußt sie mir bald zurückgeben«, meinte er, »denn wir werden bald in die letzte Schlacht gegen die Fhoi Myore reiten.«

Sie nickte. »Bald, Corum.« Und sie schenkte ihm einen Blick voll tiefer Zuneigung, so daß sein Herz leicht wurde, und er in der Lage war, sie anzulächeln.

Dann nahm sie die silberne Hand mit in ihr kleines Zelt aus Fellen links neben dem Altar, während Corum die anstehenden Fragen mit Amergin, Ilbrec, Goffanon, Jhary-a-Conel, Morkyan von den beiden Lächeln und den anderen übrig gebliebenen Führern der Mabden besprach.

Als Medheb zurückkehrte und Corum mit einem beruhigenden, doch bedeutungsvollen Blick die Hand aus Metall zurückgab, hatten die Versammelten sich auf einen Schlachtplan geeinigt, der die besten Chancen zu bieten versprach.

Mit Terhalis Hilfe würde Sactric eine ausgedehnte Truglandschaft heraufbeschwören, in der Craig Dôn eine Gestalt annehmen sollte, in der es die Fhoi Myore nicht mehr fürchteten. Aber bevor das zustandegebracht werden konnte, mußten die wenigen verbliebenen einsatzfähigen Krieger, einen letzten Angriff auf das Kalte Volk und seine Verbündeten wagen.

»Wir gehen ein großes Wagnis ein«, stellte Amergin fest, »und wir müssen uns auf die Möglichkeit vorbereiten, daß niemand von uns diesen letzten Kampf überleben wird.« Er blickte zu Corum, der seine silberne Hand wieder anlegte. »Wir mögen alle tot sein, bevor Sactric und Terhali ihren Teil unseres Paktes erfüllen können.«

Und Corum sah Medheb an, und er sah, daß sie ihn wieder liebte, und der Gedanke an den bevorstehenden Tod machte ihn traurig.

III

Der Kampf gegen die Alte Nacht

Und so zogen sie zum letztenmal gegen die Fhoi Myore, stolz in ihren verbeulten Rüstungen und mit ihren zerfetzten Fahnen. Streitwagen bewegten sich mit knarrenden Rädern vorwärts, Pferde stampften schnaubend den gefrorenen Boden, und die gestiefelten Füße marschierender Krieger dröhnten wie das dumpfe Schlagen der Kriegstrommeln. Pfeifen wimmerten, Flöten schrillten und Tambourine rasselten. Und alles, was von der Heeresmacht der Mabden geblieben war, zog aus der Sicherheit von Craig Dôn in die Schlacht gegen die Fhoi Myore.

Und alles, was in Craig Dôn zurückblieb, war eine kleine, schwarzweiße Katze, die neben einer kleinen Truhe auf dem Altar hockte.

Corum führte sie an. Er ritt auf dem gelben Streitroß, das mondfarbene Schwert Verräter in seiner Hand aus Fleisch und Blut, einen runden Schild am linken Arm und zwei Wurfspeere in der silbernen Hand, die auch die Zügel des gelben Pferdes hielt. An Corums Seite ritt der Hochkönig, der Erzdruide Amergin, der jede Rüstung ablehnte und nur in seiner weiten, blauen Robe in den Kampf zog. Und zu Corums anderer Seite ritt Medheb, die stolze Königin Medheb, in schwerer Rüstung, die Krone auf ihrem schimmernden Helm, das rote Haar frei darunter flatternd, die Schleuder am Gürtel und das Schwert in der Hand. Sie lächelte Corum zu, bevor sie den letzten Steinkreis durchquert hatten und in den dichten, eisigen Nebel eindrangen, und sie rief:

»Fhoi Myore! Fhoi Myore! Hier kommt Corum, euch zu vernichten!«

Und das gelbe Streitroß öffnete sein häßliches Maul und entblößte fahle Zähne, und von seinen verzogenen Lippen kam ein Geräusch, das mit nichts anderem vergleichbar war als einem sardonischen Gelächter. Und dann sprang es plötzlich vorwärts, und es wurde klar, daß seine goldenen Augen den Nebel ohne Schwierigkeiten durchdrangen, und es trug Corum so sicher direkt auf seine Feinde zu, wie es seinen alten Herrn Laegaire in den neunten und letzten Kampf gegen die Fhoi Myore vor Slieve Gullion getragen hatte.

»Hai, Fhoi Myore! Ihr werdet euch nicht mehr lange in eurem Nebel verstecken können!« schrie Corum und zog sich dann den Pelzkragen vor den Mund, um sich so gut wie möglich gegen den eisigen Dunst zu schütezn.

Für einen Augenblick sah er in seiner Nähe einen riesigen, dunklen Schatten aufragen, aber er war schnell wieder verschwunden. Und jetzt hörte er das vertraute Knarren der Weiden-Streitwagen, das dumpfe Gebrüll der mißgestalteten Zugtiere der Fhoi Myore. Doch dann erschallte ein sanftes Lachen, das kein Fhoi Myore-Gelächter war. Corum drehte sich nach ihm um und sah setwas, das erst wie eine lodernde Flamme aussah, sich aber schnell als die Rüstung von Prinz Gaynor, dem Verdammten, herausstellte. Sie glühte rubin und gelb und dann scharlachrot, und hinter Gaynor ritt ein Dutzend grüner Kiefernkrieger. Corum wendete sein Pferd, um sich ihnen entgegenzustellen, während er Ilbrec irgendwo im Nebel Goffanon zurufen hörte:

»Nimm dich in acht, Goffanon! Es ist Goim!«

Aber Corum konnte sich nicht darum kümmern, wie es Ilbrec und Goffanon im Kampf gegen das schreckliche Fhoi Myore-Weib erging, denn jetzt war Prinz Gaynor heran. In der Ferne hörte Corum noch den alten, vertrauten Klang des Hornes, das Goffanon blies, um die Hunde des Kerenos und die Goolegh zu verwirren.

Das Zeichen des Chaos, die achtpfeilige Nabe, brannte hell auf Gaynors Brustharnisch, während er angriff, und das Schwert in seiner Hand wechselte seine Farbe von Gold zu Silber und dann zu Himmelblau, und Gaynors bitteres Lachen erschallte aus dem formlosen Helm, und er rief aus:

»Nun stehen wir uns das letzte Mal gegenüber, Corum. Jetzt ist die Zeit gekommen!«

Und Corum riß seinen runden Schild hoch, und Gaynors flakkerndes Schwert schmetterte hart gegen den silbernen Schildrand. Und Corum hieb mit seinem eigenen mondfarbenen

Schwert nach Gaynors Helm, und Gaynor schrie auf, als die Klinge fast das Metall spaltete.

Gaynor zerrte sein eigenes Schwert aus der Scharte in Corums Schild und zögerte. »Ein neues Schwert, Corum?«

»Aye. Sein Name ist Verräter! Ist es kein gutes Schwert, Gaynor?« Corum lachte und wußte seinen alten Feind erneut verunsichert.

»Ich glaube nicht, daß es dir bestimmt ist, mich in diesem Kampf zu vernichten, Bruder«, meinte Gaynor nachdenklich.

In der Nähe kämpfte Medheb gegen ein halbes Dutzend Goolegh. Aber Corum sah, daß ihr die Untoten keine Schwierigkeiten bereiteten. Dann verhüllte der wirbelnde Nebel wieder alles.

»Warum nennst du mich ›Bruder‹?« fragte Corum.

»Weil unsere Schicksale so eng miteinander verknüpft sind. Weil wir sind, was wir sind . . .«

Und Corum fragte sich wieder, ob die Prophezeiung der alten Frau sich auf Gaynor bezogen hatte. Fürchte Schönheit, hatte sie gesagt, fürchte eine Harfe und fürchte einen Bruder . . .

Mit einem Schrei drängte Corum sein lachendes Pferd gegen Gaynor, und Verräter schlug wieder zu. Und diesmal schien die Klinge das Schulterstück von Gaynors Rüstung zu durchbohren, so daß Gaynor brüllte, und seine Rüstung in einem wütenden Rot aufflammte. Dreimal hieb Gaynor auf Corum ein, während der Vadhagh-Prinz sich abmühte, seine Klinge aus Gaynors Schulter zu ziehen. Aber alle Schläge Gynors konnte Corum mit seinem Schild abwehren, und sie betäubten nur seinen Schildarm.

»Das gefällt mir nicht«, rief Gaynor. »Ich weiß nichts von einem Schwert mit Namen Verräter.« Aber dann bekam seine Stimme einen hoffnungsvollen Klang. »Kann es mich töten, Corum? Was glaubt Ihr?«

Corum zuckte die Achseln. »Ihr müßt Goffanon fragen. Er hat diese Klinge geschmiedet.«

Aber Gaynor wendete sein Pferd bereits von Corum fort, denn inzwischen trieben Mabden-Krieger mit Feuerbränden die Brüder der Kiefern auseinander. Nichts fürchteten die Grünen mehr als Feuer, das das Harz in ihren Adern zum Sieden brachte.

Gaynor versuchte, seine Männer zu sammeln und wieder zum Angriff zu führen, und schon war er zwischen den Kiefernkriegern verschwunden. Wieder einmal wich er dem direkten Kampf mit Corum aus, denn Corum war der einzige Sterbliche, den Gaynor, der Verdammte, fürchtete.

Für einen kurzen Augenblick war Corum völlig allein. Er wußte nicht, wo seine Feinde lauerten, und wo seine Freunde kämpften. Dichter Nebel umgab ihn, aus dem von allen Seiten Schlachtenlärm tönte.

Dann hörte er hinter sich ein stöhnendes Geräusch, das rasch an Lautstärke zunahm und zu einer Art Blöken wurde, endlich zu einem tiefen, melancholischen Brüllen, stumpfsinnig und drohend zugleich. Corum erinnerte sich an diese Stimme und wußte, daß Balahr ihn suchte. Offensichtlich erinnerte sich der Fhoi Myore der Wunde, die Corum ihm einst beigebracht hatte. Und das Knarren des großen Weiden-Streitwagens kam näher, und in Corums Nase stieg der Geruch verfaulenden Fleisches, und er unterdrückte das Verlangen, vor dem zu fliehen, von dem dieser Gestank ausging. Er bereitete sich auf den Kampf gegen den Fhoi Myore vor. Das gelbe Streitroß stellte sich kurz auf die Hinterbeine und schlug mit seinen Hufen nach dem erstickenden Nebel, dann wurde es ruhig und gespannt, beobachtete den Dunst scharf aus seinen warmen, intelligenten Augen.

Corum sah einen schwarzen Schatten auf sich zukommen, der sich auf eine schwankende, unsichere Art bewegte, als wären die Beine auf der linken Seite kürzer als auf der rechten; der Kopf pendelte hin und her, als wäre das Genick gebrochen. Corum sah ein rotes, zahnloses Maul, wässerige Augen, die asymetrisch auf der linken Seite des Kopfes saßen. Blaugrüne Nüstern blähten sich, aus denen bei jedem Atemzug lederige Hautfetzen stoben, während das Tier mühsam den Streitwagen seines Herrn voranzerrte. Und auf dem Streitwagen stand etwas, das sich mit einem grotesk langen Arm in dem Weidengeflecht festklammerte, den Körper von einem borstigen Pelz bedeckt, auf dem Flekken schimmerten, die an den Schimmel auf verdorbenen Lebensmitteln erinnerten. Zwischen diesen Flecken sah man Partien nackte Haut, von gelben Ekzemen überzogen. Das war Balahr, der seine gefühllose Wut in den Nebel hinausbrüllte.

Balahrs Gesicht glänzte rot, als wäre es verbrüht. Fetzen rohen Fleisches hingen lose daran herab, und an einigen Stellen ragten blanke Knochen heraus, denn Balahr starb wie die anderen Fhoi Myore langsam an einer schleichenden, schrecklichen Fäulnis – das Ergebis des langen Aufenthaltes auf einer fremden Ebene, die für die Fhoi Myore eigentlich lebensfeindlich war. Auf Balahrs rechter Wange öffnete und schloß sich etwas, und das war Balahrs Mund, und über dem Mund und der zerfressenen Nase hing ein einziges, riesiges Lid aus totem Fleisch, das Balahrs schreckliches Auge bedeckte – das Auge, dessen Blick den eisigen Tod brachte. Und von diesem Lid lief ein Draht über das Fleisch, den große Haken hielten, und der Draht führte über Balahrs Kopf und unter seiner Achselhöhle durch und wurde von Balahrs zweifingriger Hand gehalten.

Das Gebrüll wurde noch aufgeregter, der Kopf drehte sich in Corums Richtung, und Corum glaubte seinen Namen in den dumpfen Lauten zu erkennen. ›Corum‹ schienen die toten Lippen zu formen, aber das konnte auch Einbildung sein.

Dann preschte das gelbe Streitroß ohne Corums Zutun los, gerade als Balahr begann, mit dem Draht sein einziges Auge zu öffnen. Das Pferd setzte zu einem gewaltigen Sprung an und war im nächsten Augenblick direkt vor dem Riesen, galoppierte neben den Streitwagen, so daß Corum sich vom Sattel auf das schwankende Gefährt schwingen konnte. Er stieß Balahr seinen ersten Speer tief in die verfaulten Rippen.

Balahr grunzte überrascht und tastete um sich, um die Quelle seines Schmerzes zu entdecken. Mit aller Macht rammte Corum dem Fhoi Myore den zweiten Speer in die Brust.

Balahr fand den ersten Speer und riß ihn heraus, aber den zweiten hatte er offenbar gar nicht bemerkt. Wieder begann er an dem Draht zu zerren, der sein tödliches Auge öffnete.

Und Corum sprang in die Höhe und krallte sich in das Fell des Riesen. Er kletterte Balahrs Schenkel hinauf. Fast verlor er den Halt, als die Haare unter seinem Griff aus dem toten Fleisch rissen. Balahr schüttelte sich, und Corum konnte gerade rechtzeitig sein Schwert in den Rücken des Riesen rammen. Für einen Augenblick hing der Vadhagh nur noch an dem Griff seines Schwertes, das bis zum Heft in Balahrs Fleisch steckte, und pendelte frei durch die Luft.

Balahr schnaubte und brüllte, aber er zog weiter mit seiner zweifingrigen Hand an dem Draht, um sein tödliches Auge aufzubekommen, während er mit der anderen Hand auf seinen Rücken schlug. Corum bekam eine Haarsträhne des Kopfes zu fassen und zog sich daran hoch.

Balahr schwankte auf seinem Streitwagen. Das Tier vor dem Gefährt schien das für ein Zeichen zu halten, den Wagen weiter zu ziehen. Plötzlich bewegte sich der Streitwagen nach vorn, so daß der schwankende Fhoi Myore beinahe hintenüber von der Plattform gestürzt wäre. Nur mit einer ruckartigen Bewegung gelang es ihm, sich wieder zu fangen.

Und Corum bekam sein Schwert frei und arbeitete sich weiter über das stinkende Fleisch nach oben, bis er den Draht an der Stelle erreichte, wo er unter Balahrs Achselhöhle durchlief. Dort hob Corum sein Schwert Verräter und hackte auf den Draht ein. Einmal, zweimal, dreimal hackte er, während Balahr brüllend um sein Gleichgewicht rang. Und dann riß der Draht.

Aber nachdem der Draht nutzlos geworden war, hatte Balahr beide Hände frei, um Corum zu finden. Plötzlich wurde Corum von einer mächtigen, harten Faust gepackt, und seine Arme wurden an den Leib gepreßt, so daß er das Schwert nicht mehr einsetzen konnte.

Doch Balahr grunzte jetzt und senkte seinen Kopf zum Boden. Corum folgte mit seinem Blick der Kopfbewegung des Riesen und sah, daß das gelbe Streitroß mit seinen Hufen gegen Balahrs Beine auskeilte.

Der Fhoi Myore war nicht in der Lage, sich mit zwei Gegnern gleichzeitig zu befassen. Und als er sich nach dem neuen Angreifer bückte, lockerte sich der Griff um Corum, so daß der Vadhagh-Prinz sich aus der Faust winden konnte. Dabei hackte er dem Riesen einen Finger ab. Der Finger fiel zu Boden, stinkende Flüssigkeit spritzte aus der Wunde, und Corum fiel hinter dem Finger her. Der Held der Mabden landete flach auf dem Rücken.

Der Aufprall raubte ihm den Atem. Unter Schmerzen richtete er sich auf und entdeckte das gelbe Streitroß neben sich, das ihn anzugrinsen schien. Und Balahrs Streitwagen verschwand knarrend im Nebel, aus dem er gekommen war. Sein Fahrer gab jetzt eigenartige, hohe Laute von sich, die Corum für einen kurzen Moment tiefes Mitgefühl mit dieser Kreatur empfinden ließen.

Er stieg wieder in den Sattel. Stöhnend mußte er dabei feststellen, daß der Sturz ihm doch erheblich zugesetzt hatte. Und sofort galoppierte das gelbe Streitroß wieder los und trug Corum an schattenhaften Gruppen kämpfender Krieger vorbei, vorbei an den monströsen Gestalten der Fhoi Myore. Corum sah über sich Hörner schimmern; er sah ein Gesicht, das Ähnlichkeit mit einem Wolf besaß, weiße Zähne gebleckt. Und er wußte, daß dies der Führer der Fhoi Myore war, Kerenos, der jetzt heulte wie einer seiner Hunde und mit einem großen, primitiven Schwert nach einem Angreifer schlug, der ein wildes, schönes Kampflied sang, dessen goldenes Haar wie die Sonne schimmerte, und der ein riesiges, schwarzes Pferd ritt. Der Angreifer war Ilbrec, Sohn des Manannan, auf seinem Pferd Zaubermähne, das strahlende Schwert Vergelter gezückt. Er kämpfte mit Kerenos, wie seine Sidhi-Vorfahren gegen die Fhoi Myore gekämpft hatten, als sie von den Mabden gegen Chaos und Alte Nacht zu Hilfe gerufen wurden. Und dann war Corum an ihnen vorbei. Er erhaschte einen Blick auf Goim mit ihrem Hexengesicht und den spitzen Zähnen, gegen die der schwarzbärtige Goffanon singend seine Axt schwang.

Corum wollte anhalten, um seinen alten Gefährten beizustehen, aber das gelbe Roß trug ihn weiter zu einer Stelle, wo Königin Medheb über ihrem toten Pferd stand und sich gegen eine Meute der weißen Hunde verteidigte. Corum galoppierte mitten in das Rudel hinein. Er beugte sich tief aus dem Sattel und zerschmetterte mit seinem summenden Schwert einen Hundeschädel nach dem anderen. Dabei rief er zu den Frau, die er liebte:

»Hinter mir auf das Pferd! Schnell, Medheb!«

Königin Medheb reagierte sofort, und das gelbe Streitroß schien das zusätzliche Gewicht auf seinem Rücken gar nicht wahrzunehmen. Es verzog den Mund wieder zu seinem sardonischen Lachen, während die Hunde nach seinen Flanken schnappten.

Dann war von einem Augenblick zum anderen der Nebel verschwunden, und sie befanden sich in einem Eichenwald. Die Eichen brannten mit einem Feuer, das keine Hitze ausstrahlte, aber mit seiner blendenden Helligkeit das ganze Schlachtfeld erleuchtete. Alle Kämpfer starrten mit gesenkten Waffen auf ihre veränderte Umgebung. Nirgendwo war mehr Schnee zu sehen.

Und fünf ungeheuerliche Gestalten in fünf grob gezimmerten Streitwagen, gezogen von fünf grotesken Tierwesen, bedeckten ihre mißgestaltenen Köpfe und wimmerten vor Schmerz und Angst.

Obwohl Corum sofort den Ursprung dieses Zaubers ahnte, fühlte er sich auf das Äußerste beunruhigt. Er wandte sich im Sattel um und zog Medheb eng an sich. Böse Ahnungen stiegen in ihm auf, drohten ihn zu überwältigen.

Jetzt rannten die Krieger der Fhoi Myore verwirrt durcheinander. Sie erwarteten Befehle von ihren Führern, aber die Fhoi Myore brüllten selber vor Angst und Entsetzen, denn diese Kombination aus Eichenbäumen und Feuer war das, was sie auf dieser Ebene am meisten fürchteten.

Goffanon näherte sich humpelnd, die Axt als Krücke gebrauchend. Er blutet aus einem Dutzend langer Wunden, die ihm Goims Klauen gerissen hatten, aber das war nicht der Grund für seinen Grimm.

»Nun«, knurrte er, »Sactric begnügt sich nicht mit einem launischen, kleinen Zauberspiel. Oh, wie ich sein verfluchtes Wissen fürchte.«

Und Corum konnte nur zustimmend nicken.

IV

Die Macht von Craig Dôn

»Wenn eine so mächtige Illusion erst einmal in eine Welt eingeführt wird«, sagte Goffanon, »dann wird man sie nur schwer wieder los. Sie wird noch viele Zeitalter blenden und ihren Geist verdunkeln. Ich weiß, daß ich recht habe.«

Königin Medheb lachte ihn aus. »Ich glaube, Ihr habt nur Freude an düsteren Prophezeiungen, alter Schmied. Amergin wird den Malibann helfen, und damit wird alles vorbei sein. Unsere Welt wird endlich von allen Feinden befreit sein!«

»Es gibt auch unsichtbare Feinde«, erwiderte Goffanon. »Und der schlimmste Feind war schon immer die Unwirklichkeit, die den klaren Blick auf die Dinge vernebelt, so daß man die Welt nicht mehr sieht, wie sie ist.«

Aber Medheb zuckte die Achseln und deutete in Richtung der Fhoi Myore, die ihre Streitwagen jetzt vom Schlachtfeld fort lenkten, um den brennenden Eichen zu entkommen. »Da! Unsere Feinde ergreifen die Flucht!«

Ilbrec kam herangeritten, sein helles Gesicht vom Kampf gezeichnet. Er lachte. »Es war also doch richtig, auf Ynys Scaith Hilfe zu suchen!«

Aber weder Corum noch Goffanon antworteten ihm, und so ritt Ilbrec weiter, und hieb gelegentlich vom Sattel aus nach den fliehenden Brüder der Kiefern. Niemand wehrte sich, denn die Krieger der Fhoi Myore waren völlig verwirrt.

Als Medheb abstieg und ein reiterloses Pferd einfing, sah Corum plötzlich wieder Prinz Gaynor, der durch den brennenden Eichenwald galoppierte. Der verdammte Prinz kam auf Corum zu und zügelte etwa dreißig Schritt entfernt sein Pferd.

»Was hat das zu bedeuten?« rief er. »Wer hilft Euch, Corum?«

»Ich glaube, es wäre unklug, Euch das zu erklären, Prinz Gynor«, erwiderte Corum.

Er hörte Gaynor seufzen. »Nun, alles, was Ihr habt, ist eine weitere Freistatt vor den Fhoi Myore wie Craig Dôn. Wir werden wieder am Rand warten, und ihr werdet weiter verhungern. Was habt ihr damit gewonnen?«

»Das weiß ich jetzt noch nicht«, sagte Corum.

Prinz Gaynor wendete und ritt davon. Er folgte den fliehenden Fhoi Myore. Und jetzt begannen die Goolegh, die Hunde des Kerenos, die Brüder der Kiefern – alle überlebenden Diener der Fhoi Myore – hinter Prinz Gaynor her zu strömen.

»Was nun?« meinte Goffanon. »Sollen wir ihnen folgen?«

»In einiger Entfernung«, befahl Corum. Seine eigenen Männer begannen sich hinter ihm zu sammeln. Kaum ein Hundert war noch übrig. Unter ihnen befanden sich der Hochkönig, Amergin, und Jhary-a-Conel, der eine Wunde in der Seite davongetragen hatte. Sein Gesicht war sehr blaß, und in seinen Augen stand Todespein. Corum ging zu ihm, um die Wunde zu untersuchen.

»Ich habe eine Salbe darauf gegeben«, erklärte Amergin, »aber er braucht eine bessere Behandlung, als sie hier möglich ist.«

»Es war Gaynor«, berichtete Jhary. »In dem Nebel sah ich ihn nicht, bis es zu spät war.«

»Ich schulde Gaynor viel«, knurrte Corum. »Wartet Ihr hier, oder reitet Ihr mit uns hinter den Fhoi Myore her?«

»Ich will dabei sein, wenn ihr Ende kommt«, sagte Jhary.

»So soll es sein«, sagte Corum.

Und sie alle folgten langsam den fliehenden Fhoi Myore.

Die Fhoi Myore und ihr Gefolge waren so damit beschäftigt, aus dem brennenden Eichenwald zu entkommen, daß sie Corum und die Mabden gar nicht hinter sich bemerkten. Der einzige, der hin und wieder zurücksah, war Gaynor, und der schien ausgesprochen verwirrt zu sein. Gaynor fürchtete keine Eichen. Er fürchtete nur den Limbus.

Etwas berührte Corums Schulter, und dann fühlte der Vadhagh, wie sich ein kleiner Körper darauf niederließ. Es war die geflügelte, kleine Katze, aus deren Kopf ihn Sactrics Augen anstarrten.

»Welche Ausdehnung hat dieses Trugbild?« fragte Corum den Malibann.

»Es ist so groß wie notwendig«, erklärte Sactric ihm. »Du wirst schon sehen.«

»Wo ist Craig Dôn? Ich habe gar nicht bemerkt, daß wir uns so weit davon entfernt haben«, sagte Medheb.

Aber Sactric gab keine Antwort. Er breitete seine fellbedeckten Flügel aus und flog wieder davon.

Amergin musterte die brennenden Eichen eindringlich. Auf seinem bleichen Gesicht lag ein Ausdruck der Bewunderung.

»Eine so einfach aussehende Illusion«, murmelte er, »aber welche Macht braucht es, sie entstehen zu lassen. Ich verstehe jetzt, warum Ihr die Malibann fürchtet, Goffanon.«

Goffanon gab nur ein undeutliches Knurren von sich.

Etwas später meinte der Sidhi-Zwerg: »Ich kann mich des Gedankens erwehren, daß die Mabden besser jetzt untergehen sollten. Eure Nachfahren werden dafür leiden müssen, daß ihr heute solche Verbündeten benutzt.«

»Ich hoffe nicht, Goffanon«, sagte der Erzdruide, aber er dachte stirnrunzelnd über die Worte des Sidhi nach.

Und Corum sah etwas, einen Schatten hinter den brennenden Eichen. Er blickte genauer hin, und es begann ihm zu dämmern, was er da sah.

Vor ihnen waren die Fhoi Myore zu einem Halt gekommen. Ihr Gebrüll wurde noch aufgeregter. Sie hoben ihre verwesenden Köpfe, riefen einer den anderen. Ihr Gehabe hatte etwas Pathetisches, aber auch etwas von kindlicher Bestürzung.

Corum fühlte ein Schwindelgefühl in sich aufsteigen, als er die hohen Schatten besser erkannte. Er sagte:

»Das ist Craig Dôn. Die Malibann haben es getarnt. Die Fhoi Myore sind innerhalb der Steinkreise. Sie haben Craig Dôn betreten!«

Und Jhary rief: »Meine Katze! Ist Sactric noch dort?« Und der kleine Gefährte von Helden gab seinem Pferd die Sporen und galoppierte kopflos auf die Fhoi Myore zu. Corum erkannte, daß die Wunde seinen Freund um den Verstand gebracht haben mußte, und er schrie:

»Jhary! Sactric kann sich selbst am besten schützen!«

Aber Jhary hörte nicht auf Corum. Schon hatte er die erste Gruppe der grünen Krieger erreicht, die ihn unbehindert passieren ließ. Corum wollte ihm folgen, aber das gelbe Streitroß weigerte sich. Corum trieb dem Pferd die Fersen in die Flanken, aber nichts, was er tat, brachte das gelbe Roß auch nur einen Schritt witer nach Craig Dôn hinein.

Und nun schien es Corum, als wirbelten die Steine im Kreis um ihn herum, und als die Steinkreise sich zu drehen begannen, verschwanden die brennenden Eichen, und der kalte Himmel kehrte zurück und die weiße Ebene und der kalte Nebel. Und Corum war für den Augenblick geblendet. Sie befanden sich im äußeren Kreis. Aber die Fhoi Myore waren direkt im Zentrum. Und irgend etwas schien an Corum zu zerren und ihn in den inneren Kreis ziehen zu wollen. Ein mächtiger Wind heulte. Doch das gelbe Streitroß rührte sich nicht von der Stelle und stemmte sich gegen den Sturm. Corum duckte sich im Sattel und sah, daß viele der Mabden sich flach auf den gefrorenen Boden geworfen hatten.

Und Corum hörte ein schreckliches Kreischen und sah, daß die Fhoi Myore versuchten, aus dem innersten Kreis zu entkommen. Aber der Wind war stärker.

»Jhary!« brüllte Corum, aber der Sturm übertönte seine Stimme. »Jhary!«

Schneller und schneller drehten sich die Steinkreise, und nur Corum saß noch im Sattel. Selbst Ilbrec kniete neben Zaubermähne; dicht neben ihm Goffanon, der gebannt auf das Geschehen im Zentrum von Craig Dôn starrte.

Corum sah, daß sich etwas Rotes aus dem Zentrum freikämpfte, und er sah, daß es Prinz Gaynor der Verdammte war, der sich mit quälender Langsamkeit gegen den Sturm auf die Gruppe der Mabden zu arbeitete. Manchmal stürzte er, doch er kam immer wieder auf die Beine. Seine Rüstung schimmerte in tausend Farben.

Corum dachte: *Du willst deinem Schicksal entrinnen, Gaynor. Nun, das werde ich zu verhindern wissen. Du mußt mit den anderen in den Limbus hinab.*

Und er zog sein mondfarbenes Schwert Verräter. Und das Schwert pulsierte wie ein lebendes Wesen in seiner Hand. Und er machte sich auf, Prinz Gaynor den Weg zu verlegen.

Aber der Wind zerrte an ihm, und anders als Prinz Gaynor trieb Corum keine blinde Panik vorwärts, so daß er fast von den Füßen gerissen wurde, als er von seinem gelben Pferd gestiegen war. Nichtsdestotrotz warf er sich auf seinen alten Feind und begann schwerfällig mit ihm zu ringen.

Gaynor hob eine metallene Faust und schlug sie Corum ins Gesicht, während er ihm mit der anderen Hand Verräter entriß. Er hob das erbeutete Schwert gegen den Vadhagh, und die Steinkreise drehten sich noch schneller.

Dann sah Corum hinter Gaynor den Sidhi-Zwerg Goffanon auftauchen, und Goffanon packte Gaynors Handgelenk, aber Gaynor wandte sich um. Er befreite sich von Goffanons Griff und führte den für Corum bestimmten Schwerthieb jetzt gegen den Zwerg.

Zum zweitenmal biß Verräter in Goffanons Fleisch, und zum zweitenmal blieb es darin stecken, während Gaynor verzweifelt davonstürzte und schließlich den äußeren Kreis verlassen hatte.

Corum kroch dorthin, wo Goffanon lag. Die Verletzung war böse. Das Blut des Schmiedes sprudelte aus dem langen Schnitt, den Verräter ihm beigebracht hatte, und versickerte in der harten Erde. Corum zog die mondfarbene Klinge aus Goffanons Seite und nahm den Kopf des Sidhi in den Schoß. Schon überzog die Blässe des Todes Goffanons Gesicht. Der Schmied starb. Er hatte nur noch wenige Augenblicke.

Goffanon flüsterte: »Du hast dem Schwert einen guten Namen gegeben, Vadhagh. Seine Klinge ist aber auch gut, und die stammt von mir.«

»Oh, Goffanon . . .«, begann Corum, aber der Zwerg schüttelte den Kopf.

»Ich bin froh, hier zu sterben. Meine Zeit auf dieser Ebene ist abgelaufen. Hier ist kein Platz mehr für solche wie uns, Vadhagh. Hier nicht. Nicht jetzt. Sie wissen es noch nicht, aber die Malibann-Seuche wird diese Ebene noch lange vergiften, lange nachdem die Malibann selbst von hier fortgegangen sind. Du solltest auch fortgehen, wenn du kannst . . .«

»Ich kann nicht«, sagte Corum. »Die Frau, die ich liebe, ist hier.«

»Was das anbelangt . . .« Goffanon begann zu keuchen. Dann überzog ein eigenartiger Schimmer seine Augen, sie schlossen sich, und er hörte auf zu atmen.

Langsam stand Corum auf. Den brüllenden Wind, der weiter um ihn herum tobte, beachtete er kaum. Er sah die Fhoi Myore, die noch immer dagegen ankämpften, aber von ihren Dienern war nicht mehr viel zu sehen.

Amergin stolperte durch den Sturm heran und griff nach Corums Arm. »Ich sah Goffanon sterben. Wenn wir ihn nach Caer Llud bringen können, sobald dies alles hier vorüber ist – mit dem Heilenden Kessel könnte ich ihn vielleicht wieder zum Leben erwecken.«

Corum schüttelte den Kopf. »Es war sein Wunsch zu sterben«, sagte er.

Amergin akzeptierte dies und wandte seine Aufmerksamkeit wieder dem innersten Kreis zu. »Die Fhoi Myore können dem Mahlstrom noch widerstehen, aber die meisten ihrer Diener hat er schon in den Limbus hinab gerissen.«

Und Corum erinnerte sich an Jhary und suchte nach ihm unter den verschwommenen Schatten, und einmnal glaubte er, ihn neben dem Altar zu sehen, die Arme hochgeworfen und das Gesicht angstvoll verzerrt, dann war Jhary verschwunden.

Und dann verschwanden einer nach dem anderen die Fhoi Myore, und der Wind heulte nicht länger zwischen den Monolithen, und die Steinkreise wirbelten nicht mehr im Kreis herum, und die Mabden erhoben sich von der Erde. Sie jubelten und rannten auf den Altar zu, wo ruhig eine kleine, schwarzweiße Katze neben einem Kästchen aus Gold und Bronze saß.

Nur Corum und Ilbrec blieben neben der Leiche des Sidhi-Zwerges zurück.

»Er machte eine Prophezeiung, Ilbrec«, sagte Corum. »Er riet uns, diese Ebene zu verlassen, wenn wir dazu in der Lage sind, und anderswo hin zu gehen. Er glaubte, daß unser Schicksal jetzt nicht mehr an das der Mabden geknüpft sei.«

»Das mag sein«, entgegnete Ilbrec. »Nachdem jetzt alles vorbei ist, denke ich, daß ich zum Frieden unter dem Meer zurückkehren werde, in meines Vaters Reich. Ich kann keine Siege mit meinem alten Freund Goffanon feiern, keinen Becher mit ihm heben und keine Sidhi-Lieder mit ihm mehr singen. Leb wohl, Corum.« Er legte seine riesige Hand auf Corums Schulter. »Oder willst du mit mir kommen?«

»Ich liebe Medheb«, erwiderte Corum. »Deshalb muß ich hier bleiben.«

Ilbrec stieg langsam in Zaubermähnes Sattel, und ohne jede

Zeremonie ritt er über die schneebedeckte Ebene gen Westen davon.

Nur Corum sah ihn aufbrechen.

V

Die Rückkehr nach Burg Owyn

Sie kamen nach Caer Llud und fanden anstelle des Winters einen zögernden, verspäteten Frühling. Und obwohl noch viele Ruinen wieder aufzubauen waren, und viele Leichen zu verbrennen, und viele unübersehbare Zeichen des kalten Reiches der Fhoi Myore zurückblieben in der Hauptstadt der Mabden, herrschte doch allgemeiner Jubel.

Amergin ging zu dem großen Turm, in dem er einst unter einem Zauber gefangen gehalten worden war (aus dem Corum ihn befreit hatte), und der Erzdruide fand den Kessel und den Reif der Macht, und er zeigte sie allen Mabden, die mit ihm nach Caer Llud gekommen waren, um ihn zu beweisen, daß die Fhoi Myore für immer vertrieben waren, daß die Alte Nacht wirklich gebannt war.

Und alle feierten Corum als großen Helden, der ihre Rasse gerettet hatte. Sie dichteten Lieder, in denen seine drei großen Taten besungen wurden, seine Klugheit und sein Mut. Aber Corum fand kein Lächeln, konnte keine Erleichterung spüren, nur Trauer, denn er weinte um Jhary-a-Conel, der mit den Fhoi Myore für immer in den Limbus verbannt war, und er weinte um den Sidhi-Zwerg Goffanon, den das Schwert mit Namen Verräter erschlagen hatte.

Bald nach ihrer Ankunft in Caer Llud nahm Amergin die kleine, schwarzweiße Katze und die Truhe aus Gold und Bronze mit sich auf die Spitze des Turmes. In der Nacht gab es einen trockenen Sturm, viel Blitz und Donner, aber keinen Regen, und am Morgen erschien Amergin ohne die Truhe und gab Corum den zitternden Körper einer kleinen Katze, aus der nicht mehr Sactrics Augen blickten. Und er erzählte Corum, daß der Pakt mit den Malibaun nun erfüllt war. Corum nahm die kleine Katze zu sich, und sie wich selten von seiner Seite.

Nachdem die ersten Siegesfeiern vorüber waren, ging Corum zu Amergin und sagte dem Hochkönig Lebwohl, sagte ihm, daß er mit den Überlebenden der Tuha-na-Cremm Croich nach Caer Mahlod zurückkehren wollte, und daß auch Königin Medheb dies wünschte. So dankte Amergin Corum nochmals und versprach ihm, daß er selbst bald zu einem Besuch nach Caer Mahlod kommen würde, denn es gab noch viel fruchtbare Diskussionen zu führen zwischen einem Vadhagh und dem Erzdruiden der Mabden. Und Corum erwiderte, daß er diesem Besuch mit Freude entgegensähe.

Dann brachen sie auf.

*

Sie ritten zurück in den Westen, und sie sahen, daß der Westen wieder grün war, auch wenn die Tiere erst langsam zurückkehrten, und die Höfe verlassen lagen, und nur Leichen die Dörfer bevölkerten. Und dann kamen sie nach Caer Mahlod, der Festungsstadt auf dem konischen Hügel, nahe dem Eichenhain und nicht fern von der See. Und nachdem sie einige Tage dort waren, beugte sich Medheb eines Morgens über Corum und sagte zu ihm:

»Du hast dich verändert, Liebster. Du bist so düster geworden.«

»Verzeih mir«, sagte er. »Ich liebe dich, Medheb.«

»Ich verzeihe dir«, erklärte sie ihm. »Und ich liebe dich auch, Corum.« Aber ihre Stimme hatte einen zögernden Unterton, und ihre Augen blickten in die Ferne. »Ich liebe dich«, wiederholte sie. Sie küßte ihn.

Ein oder zwei Nächte später wachte er im Bett aus einem Alptraum auf, in den sein eigenes Gesicht ihn haßerfüllt angestarrt hatte. Und er hörte irgendwo außerhalb der Mauern von Caer Mahlod eine Harfe spielen. Und er sah nach Medheb, um ihr von seinem Traum zu erzählen, aber sie war nicht im Bett, und als er nach ihr suchte, konnte er sie nirgendwo finden. Am Morgen fragte er sie, wo sie gewesen war. Aber sie erklärte ihm, daß er von einem Traum in einen anderen aufgewacht sein müsse, denn sie habe die ganze Nacht an seiner Seite gelegen.

Und in der nächsten Nacht wachte er wieder auf, und er sah, daß sie friedlich neben ihm schlief, aber ihm stand der Sinn danach (warum wußte er nicht), aufzustehen und sich seine Rüstung anzulegen und sich mit seinem Schwert Verräter zu gürten. Er verließ das Schloß, führte das gelbe Streitroß hinter sich her bis vor die Stadt, wo er aufsaß und zum Meer ritt. Er gelangte zu dem zerfressenen Kliff, wo auf einer aus dem Meer ragenden Felsnadel die Ruinen des Platzes standen, den die Mabden Burg Owyn nannten. Er selbst kannte ihn als Burg Erorn, auf der er geboren war und glücklich gelebt hatte, bis die alten Mabden gekommen waren.

Und Corum beugte seinen Kopf zum Ohr des gelben Streitrosses vor und sagte zu diesem edlen, häßlichen Pferd: »Du bist sehr stark, Pferd von Laegaire, und du bist sehr klug. Kannst du über diesen Abgrund springen und mich nach Burg Erorn bringen?«

Und das gelbe Streitroß wandte Corum die warmen, goldenen Augen zu. Und im Blick dieser Augen lag kein Spott, sondern nur Bestürzung. Das gelbe Streitroß schnaubte und scharrte den Boden.

»Tu es, gelbes Streitroß«, sagte Corum, »und ich werde dir die Freiheit geben, dorthin zurückzukehren, woher du gekommen bist.«

Das gelbe Roß zögerte, dann schien es zuzustimmen. Es wendete und trabte zurück Richtung Caer Mahlod. Dann drehte es sich wieder und begann zu galoppieren, schneller und schneller, bis der Abgrund ganz nahe war, und die weiße Gischt im Mondlicht schimmerte, und die See brüllte wie die Stimmen der verbannten Fhoi Myore. Und das gelbe Streitroß spannte sich, und sprang, seine Hufen landeten sicher auf den Steinen der anderen Seite. Endlich hatte Corum sein Ziel erreicht. Er stieg ab.

Das gelbe Streitroß sah ihn fragend an, und Corum sagte einfach: »Du bist frei zu denselben Bedingungen, die dir Laegaire auferlegt hat.«

Das gelbe Streitroß nickte und wandte sich um und sprang zurück über den Abgrund und verschwand in der Dunkelheit. Und über die Brandung des Meeres hinweg glaubte Corum eine Stimme zu hören, die ihn von den Mauern Caer Mahlods aus rief. War das Medheb, die nach ihm rief?

Er ignorierte die Stimme. Er stand da und war in die Betrachtung der alten, verfallenen Mauern von Burg Erorn versunken. Er erinnerte sich, wie Mabden seine Familie getötet hatten und ihn selbst danach verstümmelt; ihm die Hand und das Auge nahmen. Wieder fragte er sich, warum er den Mabden so lange gedient hatte. Es schien, eine besondere Ironie darin zu liegen, daß es in beiden Fällen hauptsächlich wegen der Liebe zu einer Mabden-Frau geschehen war. Aber es gab einen Unterschied zwischen Rhalina und Königin Medheb, den er nicht verstand, obwohl er sie beide liebte, und sie ihn beide liebten.

Er hörte eine Bewegung hinter sich in den verfallenen Mauern und trat näher. Würde er jetzt dem Jüngling mit dem goldenen Gesicht und der Harfe begegnen, den man Dagdagh nannte. Er sah einen Schatten, der sich näherte. Etwas schimmerte scharlachrot im Mondlicht. Corum rief:

»Wer ist da?«

Er erhielt keine Antwort.

Langsam trat er näher, bis seine ausgestreckte Hand das von der Zeit zerfressene Portal der alten Halle berührte. Zögernd blieb er stehen. Dann ging er weiter und rief wieder:

»Wer ist da?«

Und etwas zischte wie eine Schlange. Und etwas knirschte. Und etwas rasselte. Und Corum sah gegen das Licht aus einem verfallenen Fenster die Gestalt eines Mannes. Und der Mann wandte Corum das Gesicht zu.

Es war Corums eigenes Gesicht. Es war Calatins Schattenwesen, der Karach, der noch nach Salzwasser roch. Und der Karach lächelte und zog sein Schwert.

»Ich grüße dich, Bruder«, sagte Corum. »Ich habe in meinen Knochen gespürt, daß die Prophezeiung sich heute nacht erfüllen wird. Ich glaube, deshalb bin ich hierher gekommen.«

Der Karach sagte nichts. Er lächelte nur. Und aus der Ferne

hörte Corum jetzt die süßen, sinisteren Töne der Dagdagh-Harfe.

»Aber was«, wollte Corum wissen, »ist die Schönheit, die ich fürchten muß?«

Und er zog sein Schwert Verräter.

»Erinnerst du dich, Karach?« fragte er.

Aber das Lächeln des Karach wurde nur noch breiter und enthüllte weiße Zähne, die genau denen Corums glichen.

»Ich denke, ich werde mir jetzt meinen Mantel zurückholen«, sagte Corum. »Ich weiß, daß ich mit dir darum kämpfen muß.«

Und dann entbrannte der Kampf. Funken sprühten von den Schwertern, die in der Dunkelheit des Burginneren aufeinander prallten. Wie Corum geahnt hatte, waren sie beide gleichwertige Kämpfer, Geschicklichkeit gegen Geschicklichkeit, Stärke gegen Stärke.

Sie kämpften durch alle Räume der verfallenen Burg. Sie kämpften durch eingestürzte Fenster und über halb verfallene Treppen. Sie kämpften eine Stunde und länger, jeder den Hieb des anderen schon im Ansatz parierend. Aber Corum begriff, daß der Karach einen Vorteil hatte. Das Schattenwesen ermüdete nicht.

Je müder Corum wurde, um so mehr Energie schien dem Karach zuzufließen. Der Doppelgänger sagte nichts. Vielleicht konnte er nicht sprechen. Aber sein Lächeln wurde immer breiter und höhnischer.

Corum sah sich immer mehr in die Verteidigung gedrängt. Der Karach trieb ihn zum Tor von Burg Erorn hinaus, trieb ihn bis an den Rand des Abgtrundes, bis Corum all seine Kraft zusammennahm und in einem überraschenden Ausfall nach dem Arm des Schattenwesens hieb. Verräter drang tief in das Fleisch.

Der Karach schien die Wunde nicht zu spüren. Er verdoppelte die Wucht seiner Hiebe nur noch.

Dann stolperte Corum über einen Steinbrocken und fiel nach hinten. Mit elender Stimme rief er aus:

»Das ist ungerecht! Das ist ungerecht!«

Und wieder begann die Harfe zu spielen, und sie schien ein Lied zu singen. Und er glaubte zu hören:

»Ah, war die Welt nicht immer so? Wie traurig sind Helden nach vollbrachten Taten . . .«

Als würde er seinen Sieg genießen, kam der Karach langsam näher und hob sein Schwert.

Corum fühlte, wie etwas an seinem Handgelenk zog. Es war die silberne Hand, und sie erwachte zu einem eigenen Leben. Er sah, wie sich die Riemen öffneten, und die Stifte abfielen. Die silberne Hand erhob sich und schwebte dorthin, wo Verräter lag und im Mondlicht schimmerte.

»Ich bin verrückt«, sagte sich Corum. Doch dann erinnerte er sich, daß Medheb einen Zauber über die Hand gesprochen hatte. Etwas, das er inzwischen längst vergessen zu haben schien, wie Medheb zweifellos auch.

Nun griff die silberne Hand, die Corum selbst angefertigt hatte, nach dem von Goffanon geschmiedeten Schwert, während der Karach zischend und fauchend zusah, und dann wimmernd zurückwich.

Und die silberne Hand stieß das Schwert Verräter tief in das Herz des Karach. Der Doppelgänger schrie und fiel und war tot.

Corum lachte.

»Leb wohl, Bruder! Ich hatte recht, dich zu fürchten, aber du warst nicht mein Verderben!«

Die Harfe erklang jetzt lauter, und ihr Spiel schien aus der Burg zu kommen. Seine silberne Hand und sein Schwert vergessend, rannte Corum zurück in die Burg, und da stand der Dagdagh, ein Jüngling ganz aus Gold, mit scharfen, schönen Zügen und tiefen, sardonischen Augen. Und der Dagdagh spielte auf einer Harfe, die irgendwie aus seinem Körper wuchs und doch eigentlich sein Körper war. Hinter dem Dagdagh stand ein anderer, den Corum auch erkannte. Es war Gaynor.

Corum wünschte sich, er hätte sein Schwert nicht vergessen. Er rief:

»Wie ich dich hasse, Gaynor. Du erschlugst Goffanon!«

»Es ergab sich so, und es war nicht mein Wunsch. Ich bin gekommen, um Frieden mit dir zu schließen, Prinz Corum.«

»Frieden? Du warst mein schrecklichster Feind und wirst es immer sein!«

»Höre dem Dagdagh zu«, antwortete Gaynor der Verdammte.

Und der Dagdagh sprach – oder sang eigentlich – und er sagte dies zu Corum:

»Du bist hier nicht willkommen, Sterblicher. Nimm deinen Namensmantel von der Leiche des Karach und verlasse diese Welt. Du bist nur für eine Aufgabe hierher gebracht worden. Nun, nachdem diese Aufgabe erfüllt ist, mußt du gehen.«

»Aber ich liebe Medheb«, sagte Corum. »Ich will sie nicht verlassen!«

»Du hast Rhalina geliebt, und sie siehst du jetzt in Medheb.«

Gaynor drängte: »Ich spreche ohne jede böse Absicht, Corum. Glaube dem Dagdagh. Komm jetzt mit mir. Er hat uns ein Tor in ein Land geöffnet, in dem wir beide in Frieden leben können. Das ist wahr, Corum. Ich bin dort kurz gewesen. Hier ist unsere Chance, dem ewigen Kampf ein Ende zu setzen.«

Corum schüttelte den Kopf. »Vielleicht sprichst du die Wahrheit, Gaynor. Auch in den Augen des Dagdagh sehe ich die Wahrheit. Aber ich muß hier bleiben. Ich liebe Medheb.«

»Ich habe mit Medheb gesprochen«, sagte der Dagdagh. »Sie weiß, daß es falsch für dich ist, in dieser Welt zu verweilen. Du gehörst nicht hierher. Komm jetzt mit in jenes Land, wo du und Gaynor den Frieden kennenlernen werdet. Es ist ein großes Angebot, das ich dir machen kann, Ewiger Held. Es ist mehr, als ich sonst bieten kann.«

»Ich muß bleiben«, sagte Corum.

Der Dagdagh begann wieder auf seiner Harfe zu spielen. Die Musik war süß und euphorisch. Es war die Musik hoher Liebe und selbstlosen Heldentums. Corum lächelte.

Er verbeugte sich vor dem Dagdagh, dankte ihm für sein Angebot und winkte Gaynor zum Abschied zu. Dann schritt er aus dem alten Tor von Burg Erorn und sah, daß ihn Medheb auf der anderen Seite des Abgrundes erwartete. Er lächelte ihr zu und hob die rechte Hand zum Gruß.

Aber sie lächelte nicht zurück. Sie hielt etwas in ihrer rechten Hand, das sie nun über ihren Kopf hob und im Kreis zu wirbeln begann. Es war ihre Schleuder. Er sah überrascht zu ihr hinüber.

Wollte sie jetzt den Dagdagh erschlagen, in den sie so lange ihr Vertrauen gesetzt hatte?

Etwas schnellte von der Schlinge und traf Corum an der Stirn, und er fiel zu Boden, aber er lebte noch, obwohl sein Herz gebrochen war und sein Schädel zerschmettert. Er fühlte, wie das Blut über sein Gesicht rann.

Und er sah den Dagdagh über sich gebeugt, und der Dagdagh sah ihn mit einem Ausdruck tiefer Sympathie an. Und Corum knurrte den Dagdagh an.

»Fürchte eine Harfe«, sagte der Dagdagh mit seiner hohen, süßen Stimme. »Fürchte Schönheit.« Und er blickte zur anderen Seite des Abgrundes hinüber, wo Medheb stand und weinte. »Und fürchte einen Bruder . . .«

»Deine Harfe hat Medhebs Herz gegen mich gekehrt«, sagte Corum. »Ich hatte recht, sie zu fürchten. Und ich hätte Medhebs Schönheit fürchten sollen, denn Medheb war es, die mich vernichtet hat. Aber ich erschlug den Bruder. Ich erschlug den Karach!«

»Nein«, erklärte der Dagdagh, und er hob das Tathlum auf, das Medheb geschleudert hatte. »Hier ist dein Bruder, Corum. Sein Gehirn mischte sie mit Knochenleim, um daraus das einzige Ding zu machen, mit dem das Schicksal erlaubt, dich zu erschlagen. Sie nahm das Gehirn von unter dem Hügel, dem Hügel von Cremm Croich, und nach meiner Anweisung fertigte sie das Tathlum. Cremm Croich erschlägt Corum Llaw Ereint. Du hättest nicht sterben müssen.«

»Ich konnte nicht verleugnen, sie zu lieben.« Corum gelang es sich aufzurichten. Er legte die linke Hand gegen den gebrochenen Schädel, fühlte das Blut. »Ich liebe sie noch immer.«

»Ich sprach zu ihr. Ich erzählte ihr, was ich dir anbieten würde, und was sie tun mußte, wenn du ablehntest. Für dich ist hier kein Platz, Corum.«

»Das sagst du!« Corum sammelte seine letzten Kräfte und warf sich auf den Dagdagh, aber der goldene Jüngling machte ein Zeichen, und Corums silberne Hand erschien, die noch das mondfarbene Schwert Verräter hielt.

Und Corum hörte Medheb aufschreien, bevor das Schwert

ihm an der gleichen Stelle ins Herz fuhr, an der es auch den Karach getroffen hatte.

Und er hörte den Dagdagh sagen:

»Nun ist die Welt frei von aller Zauberei und allen Halbgöttern.«

Dann starb Corum.

SO ENDET DER DRITTE UND LETZTE TEIL DER CHRONIK VON CORUM UND DER SILBERNEN HAND